Klarheit ist eine Folge des bewussten
Umgangs mit Verwirrung

(Sadhguru)

Gudrun Bogner

(un) sterblich verwirrt

Die Irren lassen Wien ausbluten

Krimi

Impressum

Bibliografische Information der Deutschen Nationalbibliothek:
Die Deutsche Nationalbibliothek verzeichnet diese Publikation in der Deutschen Nationalbibliografie; detaillierte bibliografische Daten sind im Internet über http://dnb.dnb.de abrufbar.

© 2024 Gudrun Bogner, Wien

Titelbild: BoD-Vorlage
Bilder: Gudrun Bogner
Lektorat: Martin Martiska
Korrektorat: Martin Martiska

Verlag: BoD · Books on Demand GmbH,
In de Tarpen 42, 22848 Norderstedt
Druck: Libri Plureos GmbH, Friedensallee 273,
22763 Hamburg

ISBN: 978-3-7583-5059-7

Prolog

„Polizeinotruf, wie kann ich Ihnen helfen?", meldete sich der diensthabende Polizeibeamte.

Stille.

„Hallo, Sie sind mit dem Polizeinotruf verbunden. Bitte melden Sie sich, wenn Sie Hilfe brauchen."

Noch immer nichts, nur ein kaum vernehmbares atmen war in der Ferne zu hören.

„Wenn Sie aus irgendeinem verletzungsbedingten Grund nicht sprechen können, aber Hilfe benötigen, drücken Sie bitte irgendeine Taste auf Ihrem Telefon."

Weiterhin Stille.

„Bitte blockieren Sie nicht die Leitung. Es könnte jemand dingend Hilfe benötigen."

„Hihihi", ertönte ein seltsames, leises, heiseres Gekicher.

„Hallo? Ich kann Sie nur ganz leise hören. Sprechen sie doch etwas deutlicher und lauter."

„H a l l o? Bitte sagen Sie doch etwas", äffte die eigenartige Stimme den Polizisten nach.

„Es tut mir leid, aber wenn Sie mir nicht sagen, worin der Notfall besteht und wie ich Ihnen helfen kann, muss ich auflegen, damit die Leitung für echte Notfälle wieder frei wird."

„Wollen Sie tatsächlich nicht wissen, weshalb ich anrufe?", sagte der Anrufer jetzt klar und deutlich.

„Doch, das will ich. Aber bis jetzt haben Sie noch nichts gesagt. Ich konnte Sie nur atmen und dann leise lachen hören. Bitte – wie kann ich Ihnen denn helfen?"

Der Beamte blieb immer noch ruhig und versuchte erneut hilfsbereit zu sein. Obwohl es ihm sichtlich immer schwerer fiel.

„Sie wollen mir helfen? Nein, das glaub ich nicht. Aber ich kann Ihnen helfen."

„Wie meinen Sie das. Wobei können Sie mir helfen?"

„Ich will einen Mord melden."

„Einen Mord? Haben Sie eine Leiche gefunden?", fragte der Beamte, jetzt etwas unruhiger als vorhin.

„Ja."

„Wo haben Sie eine Leiche gefunden?"

„In der Rotenturm-Straße 20, im 1. Bezirk."

„Aber das ist die Adresse der Wiener Kammerspiele."

„Richtig."

„Bitte erklären Sie mir das und lassen Sie sich nicht alle Antworten aus der Nase ziehen“, meinte der Polizist mittlerweile schon sehr genervt.

„Ich habe eine tote Frau gefunden. Vor dem Klo in den Wiener Kammerspielen. Welche Informationen wollen Sie denn noch haben?“, fragte der Mann gespielt provokant.

„Welches Klo? Dort gibt es mehrere.“

„Suchen Sie doch einfach alle Klos ab. Dann werden Sie die Tote sicherlich finden.“

„Aber das würde unnötige Zeit verschwenden.“

„Während wir hier telefonieren, verschwenden Sie schon genug Zeit. Vor allem auch meine.“

„Schon gut. Wir werden sie finden. Sagen Sie mir bitte noch Ihren Namen.“

„Der tut doch gar nichts zur Sache. Was unternehmen Sie wegen der Leiche? Diese Frage ist doch viel wichtiger, oder?“

„Ich hab bereits einen Streifenwagen hingeschickt. Dieser müsste gleich eintreffen. Sind Sie noch am Tatort?“

„Ja – Nein – Vielleicht?“

„Wenn Sie mir Ihren Namen nicht sagen wollen, ist das kein Problem. Wir können Sie auch anhand der Telefonnummer identifizieren.“

„Hahaha – glauben Sie wirklich, dass ich so dumm bin?“

„Nein, das glaub ich nicht. Aber bitte sagen Sie mir doch etwas mehr zu der Toten. Wer ist die Tote? Vielleicht auch mehr zu Ihnen. Es wäre dann alles etwas einfacher.“

„Das glaub ich Ihnen aufs Wort. Sie wollen es also einfach.“

„Also gut, ja, das wäre um einiges leichter. Was können Sie mir sonst noch sagen?“

„Ich bin der Mörder!“

„WAS?“, schrie der Polizist geschockt ins Telefon.

Klick – es wurde aufgelegt.

Die Leitung war tot.

Kapitel 1

„Wir dürfen heute Herrn Kriminaloberkommissar Herbert Schichta bei uns in der Sendung begrüßen. Er ist ein sehr bekannter Wiener Kriminalbeamter und hat bereits einige Mörder hinter Schloss und Riegel gebracht", sagte die Moderatorin eines bekannten österreichischen Radiosenders.

„Guten Abend. Herzlichen Dank für die Einladung", antwortete Schichta in seiner üblichen freundlichen und höflichen Art.

„Herr Kriminaloberkommissar, Sie hatten es in letzter Zeit mit einigen Serienmördern zu tun. Darüber wollen wir in unserer heutigen Ausgabe von ´Krimis sehen, hören, lesen und / oder erleben` berichten. Die Zuhörer sind herzlich eingeladen, an den Kommissar Fragen zu stellen. Doch als Erstes möchte ich Ihnen zu Ihren Erfolgen gratulieren."

„Danke. Doch die Erfolge konnte ich nur aufgrund der Mithilfe meines kompletten Teams verzeichnen. Der Dank gehört also uns allen."

„Dem möchte ich mich selbstverständlich anschließen. Ein Lob an das Team von und um Kriminaloberkommissar Herbert Schichta. Bevor wir jedoch die Leitung für unsere Hörer öffnen und gespannt sind auf deren Fragen, spielen wir noch einen Song. Also bis gleich."

Ein Lied wurde gespielt, während Schichta sich mental auf die kommende Stunde im Studio vorbereitete. Er tauschte noch kurz Informationen mit der Moderatorin aus, besprach, was auf keinen Fall erzählt und besprochen werden durfte, und dann ging es auch schon wieder weiter.

„Willkommen zurück. Wie bereits im Vorfeld erwähnt, ist heute Herr Kriminaloberkommissar Herbert Schichta bei uns im Studio. Er wird gerne Rede und Antwort stehen für all die Fragen, die sie haben. Und hier ist auch schon unser erster Anrufer. Hallo, Christian, du bist an der Reihe."

„Guten Abend, Herr Kommissar. Ich hätte da eine Frage. Wie kommen Sie eigentlich immer auf den Täter? Das kann doch nicht so leicht sein?"

„Nein, leicht ist das ganz und gar nicht. Man geht systematisch vor, sichtet die Beweise, schaut sich einen Tatort genau an, fragt die Familie und Freunde und hofft auf eine schnelle Lösung. Man benötigt aber auch das richtige Gespür für einen Fall. Ich versuche mich in den Täter zu versetzen. Was ist sein oder ihr Motiv? Es sind diese ganz vielen Kleinigkeiten, die zusammengesetzt ein fertiges Bild ergeben. Wie bei einem Puzzle. Auch Kommissar „Zufall" kann dabei sehr hilfreich sein."

„Ist deine Frage damit beantwortet?", fragte die Moderatorin.

„Ja, danke. Sicher trotzdem nicht einfach. Danke und viel Glück für Ihre nächsten Fälle. Auf Wiederhören.“

„Da haben Sie recht. Einfach ist es leider nie. Ich danke auch“, sagte Schichta.

„Und schon haben wir die nächste Anruferin. Lucy, hallo.“

„Hallo, Herr Kommissar. Wie ist das eigentlich, lesen Sie gerne?“

„Ja, sogar sehr gerne. Nur komm ich viel zu selten dazu.“

„Lesen Sie dann auch Krimis?“

„Diese Frage habe ich fast befürchtet. Ich lese eigentlich alles Mögliche. Fantasieromane, Historische Romane, auch Krimis, eigentlich alles.“

„Liebesgeschichten?“

„Auch die manchmal.“

„Was ist für Sie leichter, einen Krimi zu lesen oder ihn zu lösen?“

„Das Lesen ist auf jeden Fall leichter. Da muss man sein eigenes Hirn nicht so beanspruchen. Aber spannend ist beides. Denn auch beim Lesen rattert das Hirn alle Möglichkeiten durch. Wie ein Computer. Und wenn man selbst einen Fall lösen kann, dann ist das schon etwas sehr Befriedigendes.“

„Was halten Sie von Krimis als Hörbücher?"

„Ich hab's noch nie ausprobiert. Sollte ich vielleicht einmal."

„Und im Fernsehen? Schauen Sie sich da Krimis an?"

„Ja, manchmal. Doch im Fernsehen scheint alles so einfach. Wäre die Realität wie im Film, würde es mein Leben um einiges leichter machen. Doch im Allgemeinen komme ich sehr selten zum Fernsehen."

„Haben Sie selbst auch schon einmal eine Leiche gefunden?"

„Leider, ja. Das ist nichts Schönes. So etwas wünscht man niemandem."

„Danke, Herr Kommissar für Ihre ehrlichen Antworten", beendete Lucy das Gespräch.

„Bevor der nächste Anruf eingeht, hätte auch ich eine Frage. Wie ist das, ständig auf der Suche nach Serientätern zu sein?", fragte die Moderatorin, die selbst sehr neugierig wurde.

„Gott sei Dank, handelt es sich nicht in allen Fällen um Serienmorde. Ich habe es auch mit Einzeltätern und Ersttätern zu tun. Männern und Frauen. Alles ist möglich. Serientäter sind in Wien eher die Ausnahme", gab Schichta zur Antwort.

„Und doch hatten Sie es in den letzten Jahren gleich mit zwei dieser Fälle zu tun. Sie scheinen diese magisch anzuziehen."

„Ich hoffe doch, dass das nicht der Fall ist. Dann müsste ich meinen Job kündigen", sagte Schichta schmunzelnd.

„Oh, und schon haben wir auch unsere nächsten Anruferin in der Leitung. Bitte, Birgit, du hast das Wort."

„Guten Tag, Herr Schichta. Oh, entschuldigen Sie. Herr Kriminaloberkommissar."

„Schichta, ist absolut okay. Bitte, welche Frage kann ich Ihnen beantworten?", meinte er locker.

„Wie lässt sich eigentlich Ihr Beruf mit Ihrem Privatleben und Ihrer Familie vereinbaren?"

„Na ja, es gehören immer zwei dazu, wenn es funktionieren soll."

„Heißt das, dass Sie eine Familie haben? Es gibt in den sozialen Medien so einige Gerüchte."

„Nicht böse sein, aber auf Gerüchte gebe ich gar nichts. Mein Privatleben geht auch niemanden etwas an. Haben Sie eine Frage zum Thema der Sendung?"

„Ja, wie geht Ihre Freundin damit um?" Birgit konnte es einfach nicht sein lassen.

„Birgit, es tut mir leid, aber der Herr Kommissar hat klar und deutlich gesagt, dass er sich zu diesem

Thema nicht äußern wird", sagte die Moderatorin sehr streng.

„Aber ich will das wissen. Wäre ich bei der Polizei und hätte einen Freund, würde ich es jedem erzählen. Ist doch kein Geheimnis. Die ganze Welt sollte dann von meinem Glück erfahren."

„Um das geht's ja gar nicht. Es geht um den Schutz der Menschen, die einem lieb und wichtig sind."

„Also hatte ich recht. Sie haben eine Freundin, und die wollen Sie beschützen."

„Was verstehen Sie nicht? Ich werde mich dazu nicht äußern."

„Ja, aber …"

Birgit wurde aus der Leitung geworfen.

„Warum verstehen manche Leute ein NEIN nicht?", sagte die Moderatorin, während das Zeichen für einen neuen Anruf erschien.

„Wie ich höre, gibt es einen weiteren Anrufer. Guten Tag, Simon. Sie sind jetzt an der Reihe."

„Danke und hallo. Ich hätte da eine Frage an den Herrn Kommissar."

„Bitte, ich bin ganz Ohr", sagte Schichta.

„Was würden Sie tun, wenn ich Ihnen sagen würde, dass ich ein Mörder bin?"

„Meine Frage wäre, wen Sie umgebracht hätten."

„In Ordnung, spielen wir dieses Spiel einmal durch. Sind sie dabei, Herr Kommissar?"

„Ja. Bin dabei."

„Gut. Also das Opfer ist eine Frau."

„Warum haben Sie diese Frau umgebracht? Und wie heißt sie?"

„Ich tat es aus Neugier, und der Name der Frau ist egal."

„Aus Neugier? Welche Art von Neugier wollten Sie damit erzielen?"

„Das tut auch nichts zur Sache?"

„Wo finde ich die Leiche?"

„Das müssen Sie selbst herausfinden."

„Also gut. Ich erhalte keinerlei relevanten Antworten von Ihnen. Also was hat Sie dann dazu bewogen, sich bei der Polizei zu melden?"

„Einfach aus Spaß."

„Simon, das hier ist kein Spaß. Sie spielen mit dem Kommissar", warf die Moderatorin ein.

„Genau. Aber, Herr Kommissar, was genau würden Sie denn tun, wenn es sich als wahr herausstellte? Ich würde einen Mord gestehen und Ihnen sonst keine weiteren Infos geben. Wie wäre Ihr Umgang mit so einer Situation?"

„Das ist kompliziert. Diese Frage kann ich nicht so einfach beantworten. Zuerst sollte die Leiche gefunden werden. Ich müsste dann ins Detail gehen. Schritt für Schritt mich an die Sache und den Mörder herantasten. Irgendwann hätte ich einen Hinweis, dem ich selbstverständlich nachgehen würde."

„Aber ich gebe Ihnen keinen Hinweis."

„Doch. Ihre Körpersprache würde Sie irgendwann verraten."

„Aber am Telefon können Sie meine Körpersprache nicht sehen."

„Jedoch kann ich Ihre Stimme hören. Bei manchen Wörtern werden Sie nervös. Da sprechen Sie dann viel schneller. Ihre Stimmlage verändert sich auch. Wie Sie merken, gibt es da einige Möglichkeiten."

„Nicht bei mir. Meine Stimme ist immer gleich. Ich hab das unter Kontrolle."

„Das glauben nur Sie. In Wahrheit gibt es ganz feine Unterschiede."

„Liebe Zuhörer, ich denke an dieser Stelle benötigen wir wieder eine kurze Pause. Nach der Werbung melden wir uns wieder", unterbrach die Moderatorin das unangenehme Gespräch.

Schichta gönnte sich einen großen Schluck Kaffee. Er atmete tief durch und war dann wieder bereit für dieses eigenartige Spiel.

„Simon, Sie sind wieder an der Reihe", meldete sich die Moderatorin.

„Irgendwie macht das keinen Spaß. Ich werde hier nicht ernst genommen", sagte Simon und legte auf.

„Simon hat uns leider verlassen. Haben wir noch weitere Anrufer?"

„Ja, hier ist Bernadette. Herr Kommissar hat Sie dieser Anrufer nicht nervös gemacht? Also mich schon. Was, wenn er tatsächlich ein Mörder ist?"

„Hallo, Bernadette. Ich denke nicht, dass dem so ist. Er ist jemand, der sich wichtigmachen will. Wäre er tatsächlich ein Mörder, hätte er mehr Interesse daran gezeigt, dass ich ihn oder das Opfer finde."

„Ist das tatsächlich so?"

„Ja. Jemand der sich stellt, will mit seiner Tat entweder Aufmerksamkeit erregen oder er will mit dem Töten aufhören. Simon zeigte keinerlei Hinweise, weder auf das eine noch auf das andere."

„Aber vielleicht hatte er genau das damit im Sinn. Er hat doch jetzt die Aufmerksamkeit, die er wollte und er hat den berühmten Herrn Kriminal-oberkommissar nachdenklich gemacht."

„Ja, das ist im Prinzip richtig. Aber er hat selbst das Gespräch beendet. Wollte er echtes Interesse erreichen, hätte er unter irgendeinem Vorwand wieder angerufen. Mich hat er damit nicht verunsichert. Ich gebe nichts auf Geschichten. Ich halte mich rein an Fakten."

„Vielleicht versucht er das, kommt aber nicht durch, weil alle Leitungen besetzt sind."

„Bernadette, an Ihnen ist eine Kriminalpsychologin verloren gegangen. Ihr Gedankengang gefällt mir. Wenn Sie einen Job suchen, melden Sie sich bei mir. Danke, noch einmal. Was sind Sie eigentlich von Beruf? Wenn ich fragen darf."

„Volksschullehrerin, wieso?"

„Jetzt verstehe ich Ihr Einfühlungsvermögen und Ihren Gedankengang. Danke."

„Ich danke auch. Und nehmen Sie sich vor Simon in Acht. Ich wette, er ruft noch einmal an."

Dann war das Gespräch beendet.

„Okay, also Simon, rufen Sie bitte noch einmal an, damit wir unser Gespräch beenden können", sagte Schichta fordernd.

Die Stunde verging wie im Flug. Viele interessante Fragen wurden gestellt, aber auch viele unnötige.

Nachdem sich Schichta von den Hörern und der Moderatorin verabschiedet und bedankt hatte, ging er schnurstracks zu seinem Auto und fuhr direkt nach Hause.

Nach Hause, wie gut das für ihn klang. Seit Nicole bei ihm wohnte, war es zu einem echten Zuhause geworden. Er freute sich schon auf sie, so wie jeden Tag, wenn er heimfuhr, auch wenn sie um diese Uhrzeit wahrscheinlich schon schlafen würde.

Dann kam ihm plötzlich wieder Simon in den Sinn. Sollte er sich ernsthafte Gedanken über diesen seltsamen Kerl machen?

Nein, im Moment wollte er nur zu seiner schlafenden Schönheit unter die Decke schlüpfen.

Simon hatte nicht noch einmal angerufen.

Alles Weitere konnte bis morgen warten.

Kapitel 2

„Guten Morgen. Gab es etwas Besonderes in der Nacht? Denn angerufen hat mich niemand", fragte Schichta sein Team, als er um 8 Uhr morgens sein Büro betrat.

„Nein, die Nacht war sehr ruhig", antwortete Roman, der die Info von der Nachschicht erhalten hatte.

„Gut, dann sehen wir uns die liegengebliebenen Akten durch. Wenn ihr etwas Interessantes habt, gebt mir Bescheid. Ich arbeite meinen Papierkram ab. Sehen wir uns später zum Mittagessen in der Pizzeria?", fragte er seine Leute.

„Ja, geht klar", riefen alle gleichzeitig.

Kaum in seinem Büro angekommen, läutete sein Telefon.

„Schichta?", nahm er ab.

„Guten Morgen, Herr Kommissar, hier spricht Doktor Schreiberling, der neue Gerichtsmediziner."

„Guten Morgen, Herr Doktor. Wie kann ich Ihnen behilflich sein?"

„Ich denke, ich habe einen Fall für Sie."

„Oje, das klingt nicht gut. Um welchen Fall handelt es sich."

„Ich habe heute Nacht eine weibliche Leiche auf meinen Tisch bekommen. Sie sollten sich das unbedingt anschauen. Es ist viel zu kompliziert, um es am Telefon zu erklären.“

„In Ordnung. Aber ich hab gar keine Info bezüglich eines Mordes erhalten“, sagte er verdutzt.

„Dazu kann ich Ihnen nichts sagen. Ich weiß nur, dass ich hier eine Tote habe und das sieht eindeutig nach Mord aus.“

„Okay, ich schnapp mir noch einen Kollegen und wir kommen zu Ihnen. Bis dann, Herr Doktor“, antwortete Schichta, der gespannt war, was der Mediziner ihm unbedingt zeigen musste.

„Roman, hast du Zeit?“, rief er beim Vorbeigehen in dessen Büro.

„Ja, wofür brauchst du mich?“

„Ich hab einen sehr eigenartigen Anruf vom neuen Gerichtsmediziner erhalten. Er meinte, ich sollte sofort kommen.“

„Ein neuer Gerichtsmediziner? Was stimmte mit dem anderen nicht?“

„Der ist doch vor einem Monat in Pension gegangen“, klärte Schichta ihn auf.

„So alt hätte ich den gar nicht eingeschätzt. Na gut, worum geht’s?“

„Das konnte er mir nicht wirklich sagen. Er meinte, er habe eine weibliche Leiche, bei der die

Todesursache eindeutig Mord war. Was mit ihr geschehen war, wäre zu schwer zu erklären, ich müsse es mit eigenen Augen sehen. Das hat mich neugierig gemacht. Kommst du mit oder nicht?"

„Na klar. Jetzt hast du mich auch neugierig gemacht. Wobei ich nicht verstehe, was los sein könnte. Laut den Kollegen gab es keine Vorfälle. Na, da bin ich mal gespannt, was da wieder auf uns zukommt", meinte Roman.

„Ich auch. Lass uns meinen Wagen nehmen, der steht direkt vor der Türe", sagte Schichta, und gemeinsam verließen sie das Gebäude.

Während der kurzen Autofahrt bis zur Gerichtsmedizin im neunten Wiener Gemeindebezirk, rätselten beide, worum es sich bei der mysteriösen Toten handeln könnte.

„Weshalb konnte der Mediziner nichts sagen?", sagte Roman eher zu sich selbst als zu Schichta.

Dieser ignorierte die Frage, da er sowieso keine Antwort darauf hatte.

Sie würden es bald erfahren und darüber gar nicht glücklich sein.

Bei der Gerichtsmedizin angekommen, suchten sie sofort Doktor Schreiberling auf.

Schichta klopfte an dessen Türe.

„Ja, kommen Sie herein", antwortete der Mediziner, während er den beiden Kommissaren bereits die Türe öffnete.

„Guten Tag, Herr Kommissar, ich hab Sie angerufen. Mein Name ist Jannick Schreiberling."

„Guten Tag, Herr Doktor. Schön, Sie kennen zu lernen. Na ja, nicht ganz, wenn Sie verstehen. Das hier ist mein Kollege, Roman", stellte er ihn vor.

„Ich verstehe vollkommen. Bitte kommen Sie weiter. Ich bin überzeugt davon, dass Sie das persönlich sehen wollen. Übrigens, die Tote wurde in den Kammerspielen gefunden."

„Na, da bin ich mal gespannt."

Doktor Schreiberling ging zu den Kühlfächern, öffnete eines davon und zog die Lade heraus. Er sah kurz zu den Kommissaren, ob diese auch tatsächlich bereit waren. Als er von beiden ein Nicken bemerkte, nahm er die Abdeckplane ab und in genau diesem Moment blieb Schichta und Roman der Mund offen stehen. Jetzt verstanden es beide. Das konnte man nicht erklären, man musste es wahrlich selbst sehen.

„Wie ist denn das passiert?", fragte Schichta entsetzt.

„Ich warte noch einige Test ab. Aber der Schädel wurde ganz sicher mit einer einfachen Säge unbeholfen aufgesägt. So eine, wie man sie in jedem Baumarkt bekommt."

„Warum sollte jemand das tun?“

„Das müssen Sie herausfinden, Herr Kommissar. Ich kann Ihnen nur erzählen, was die Autopsie zeigt.“

„Was genau sehen wir denn hier?“, fragte Roman, der noch immer unter Schock stand.

„Bis jetzt konnte ich feststellen, dass die Frau so um die 20 Jahre alt ist. Bevor sie starb, hat sie sich mehrmals erbrochen. Ihre Schädeldecke wurde aufgesägt, das Gehirn freigelegt und mit irgendeinem runden Holzstiel wurde darin herumgestochert. Ich habe kleine, teils abgerundete Splitter entdeckt.“

„Was war die Todesursache?“, wollte Schichta wissen.

„Genau kann ich es erst nach den diversen Testergebnissen sagen. Ich denke aber, Sie starb durch das Öffnen des Schädels.“

„Sie lebte noch, als der Kopf geöffnet wurde?“, fragte Roman schockiert.

„Ja, das ist so gut wie sicher.“

„O.k., Doktor, danke. Sie hatten Recht, das kann man nicht so einfach erklären. Ich bin aber nicht davon überzeugt, dass ich das tatsächlich sehen wollte.“

Bei dieser Aussage verzog Schichta sein Gesicht zu einer angewiderten Miene.

An Roman gerichtet, meinte er: „Wir haben ja schon einiges gesehen, aber das gehört eindeutig zu den widerlichsten Dingen."

Roman stimmte ihm mit einem Nicken und Achselzucken zu.

Beide Kommissare bedankten und verabschiedeten sich.

Doktor Schreiberling hielt Schichta jedoch auf.

„Ich hab bei dieser Sache kein gutes Gefühl, Herr Kommissar. Erklären kann ich es nicht, aber mein Bauch sagt mir, das war noch nicht alles."

„So etwas kenne ich auch. Und mein Bauchgefühl stimmt mit Ihrem überein. Hier stimmt definitiv etwas ganz und gar nicht", meinte Schichta.

„Übrigens hier ist die Telefonnummer und der Name des Polizisten, welcher mich verständigt hatte, um die Leiche abzuholen. Vielleicht kann er Ihnen weiterhelfen."

Der Mediziner reichte Schichta einen Zettel und verabschiedete sich.

Dann verließen die beiden Ermittler die Räumlichkeiten der Gerichtsmedizin.

Wieder im Auto sitzend, schüttelten Herbert und Roman ihr Köpfe. Beide hatten denselben Gedanken: „Was wird jetzt wieder auf uns zukommen?"

Rasch fuhren sie zurück ins Büro.

Dort angekommen, trommelte Schichta sein Team zusammen und erzählte von den Neuigkeiten.

„Roman und ich waren gerade in der Gerichtsmedizin. Der neue Mediziner, Doktor Schreiberling, rief mich an, um mir etwas zu zeigen. Er hatte eine weibliche Leiche, etwa 20 Jahre alt mit gespaltenem Schädel auf dem Tisch. Es handelt sich eindeutig um Mord", fasste Schichta kurz zusammen.

„Es war widerlich. Der Kopf wurde regelrecht aufgesägt, und man erkannte, dass im Gehirn herumgewühlt wurde", meldete sich auch Roman zu Wort.

„Das ist ja ekelhaft!", rief Gabriel vor Bestürzung aus.

„Ja, das ist es. Also, Leute, das übliche Prozedere geht wieder los. Valentin, bitte setz dich mit dem Beamten in Verbindung, der die Leiche gefunden hat. Frag bitte auch nach, weshalb wir nicht verständigt wurden. Hier ist sein Name und die Telefonnummer." Schichta überreichte ihm den Zettel, welchen er von Doktor Schreiberling erhalten hatte.

„Christoph, versuch herauszubekommen, um wen es sich bei der Leiche handelt. Rainer, du startest einen Aufruf nach Zeugen. Die Tote wurde in den Kammerspielen gefunden. Da gibt es sicher jemanden, der etwas gesehen hat. Lukas, frag bitte nach, ob es diesbezüglich vielleicht einen eingehenden Notruf gab. Roman und Philipp, ihr kommt mit mir zum Tatort, und Gabriel, du setzt dich bitte mit Doktor Schreiberling in Verbindung und forderst den Autopsiebericht an. Danke, ihr wisst was zu tun ist. Wir sehen uns später wieder, hier im Büro. Ach ja, bitte ruft mich sofort an, wenn ihr Neuigkeiten habt."

Nachdem Schichta sein Team eingeteilt hatte, ging er mit Roman und Philipp schnellen Schrittes zum Auto, um direkt zum Tatort zu fahren. Der Weg war nicht weit, höchstens fünf Minuten vom Büro am Schottenring bis zu den Kammerspielen in der Rotenturm-Straße. Und doch hatten sie das Gefühl, es würde ewig dauern.

Im Wagen wurde kaum gesprochen. Immer wieder schüttelte einer der dreien den Kopf oder stöhnte fassungslos auf. Sie waren regelrecht sprachlos über diese abscheuliche Gräueltat.

Schichta stellte das Auto direkt vor dem Haupteingang ab, und die drei gingen schnurstracks in das Theater. Er zeigte seine Marke dem Polizisten, welcher ihnen bereits entgegenkam. Dieser begrüßte sie und ging voran zum eigentlichen Tatort.

Auf der Toilette im Erdgeschoß war sofort das komplette Ausmaß der Tat zu erkennen. Überall Erbrochenes, gemischt mit literweise Blut und Gehirnmasse. Es klebte in und auf der Toilettenschüssel, an den Wänden und auf dem

Boden. Schleifspuren waren auf den Fliesen erkennbar. Doch leider keine eindeutigen Finger- oder Fußabdrücke.

Schichta nahm sein Notizbuch aus seiner Jackentasche und begann zu schreiben. Roman fotografierte den Tatort und Philipp sprach mit dem uniformierten Polizisten.

„Wie haben Sie von der Toten erfahren?", fragte Philipp nach.

„Es ging ein Notruf ein. Daraufhin wurde ich mit meinem Kollegen hierher geschickt. Als wir ankamen, hörten wir das laute Geschrei aus und vor der WC-Anlage. Die Besucher liefen panisch aus dem Theater. Andere standen wie angewurzelt in totaler Schockstarre vor der Leiche. Die Schaulustigen versuchten alle wegzudrängen, um auch etwas sehen zu können. Wie immer wurden viele Fotos und Videos von der Leiche und dem Tatort gemacht. Ich hab sie sofort alle verjagt. Das war nicht anständig von denen. Mein Kollege nahm die Handys in Beschlag, um die Bilder sofort zu sichten und zu speichern."

„Das war sehr gut von Ihnen. Können Sie uns diese auch schicken?"

„Ja, das können wir sofort machen. Geben Sie mir Ihre E-Mail-Adresse."

„Warum wurden wir nicht sofort verständigt? Es handelte sich doch eindeutig um einen Mord."

„Tut mir leid. Mein Kollege und ich, wir waren so geschockt, dass wir nur schnell in der Gerichtsmedizin anriefen. Außerdem dachten wir, dass die von der Notrufzentrale schon alle verständigen würden. Sorry, noch einmal. Aber wir stehen wirklich alle unter Schock.“

Philipp nickte unverständlich und reichte ihm seine Visitenkarte, auf der nicht nur sein Name und die Telefonnummer, sondern auch die E-Mail-Adresse stand. Dann ging er zu Herbert, um ihm die Neuigkeiten zu erzählen.

„Herbert, es ging tatsächlich ein Notruf ein. Aus diesem Grund wurde der Kollege hierher geschickt. Außerdem hat er super reagiert. Sein Kollege und er sammelten alle Handys von den Schaulustigen ein, um die Bilder und Videos zu sichten und zu speichern. Leider hat er in der ganzen Aufregung vergessen uns zu informieren, da er meinte, es würde die Notrufzentrale tun“, erklärte ihm Philipp.

„Na toll. Soweit ist es also schon gekommen. Gut, machen wir das Beste draus. Super war das mit den Handys. Lukas ist ja bereits auch an dem Notruf dran.“

„Roman, siehst du das hier?“, rief Schichta Roman zu.

„Was ist das?“

„Ich weiß es nicht. Kann das ein Glitzersteinchen sein?“

„Nein, dafür ist es viel zu klein und unförmig. Was ist das nur?"

Herbert machte ein Foto von dem unbekannten, glitzernden Etwas. Dann rief er die Spurensicherung zu sich. „Bitte nehmt dieses Ding mit und untersucht es. Vielleicht hat es mit unserem Mord zu tun."

„Das sieht man ja so gut wie gar nicht. Ich kann mir nicht vorstellen, dass es hiermit was zu tun hat. Das ist sicher von irgendeiner Schminke, einem Glitzerhaarspray oder von einer Kleidung", meinte Roman.

„Roman du weißt, es ist besser, ALLES zu untersuchen, als auch nur die kleinste Kleinigkeit zu übersehen", wendete Schichta ein.

„Hast du wieder dieses eigenartige Bauchgefühl? Siehst du wieder Dinge, die sonst niemand sieht?", fragte Philipp nach.

„Ja, du kennst mich doch."

Nachdem Schichta, wie immer, alles gesehen, fotografiert und notiert hatte, verließ er die Kammerspiele und wartete beim Auto auf seine Kollegen.

Er holte tief Luft, um etwas Sauerstoff in sein Gehirn zu bekommen. Dann nahm er sein Handy in die Hand und rief Nicole an.

„Hallo, Herbert. Ich freu mich von dir zu hören", meldete sich Nicole fröhlich.

„Nicole, mein Liebling, ich musste deine Stimme hören. Geht's dir gut?"

„Ja, bei mir ist alles in Ordnung. Aber mir scheint, als hättest du einen neuen Fall."

„Woher weißt du das?"

„Ich kenn dich doch. Wenn du um diese Zeit anrufst, weil du meine Stimme hören willst, dann hast du etwas Schlimmes gesehen oder erfahren. Hab ich Recht?"

„Du kennst mich eindeutig schon zu gut. Ja, Nicole, ich hab einen neuen Fall. Eine Leiche in den Kammerspielen."

„Kann ich dir irgendwie helfen?"

„Das hast du schon. Wenn ich deine Stimme höre, ist alles halb so schlimm. Ich wollte dir auch noch sagen, es wird wahrscheinlich wieder später werden heute."

„Alles klar. Melde dich, wenn du Zeit hast, und pass auf dich auf. Ich liebe dich."

„Ich dich auch. Bis später."

Schichta beendete das Gespräch und schnaufte ein weiteres Mal tief durch, während er sein Handy wieder in die Hosentasche schob.

Genau in diesem Moment kamen auch Roman und Philipp aus den Kammerspielen heraus.

„Es ist schrecklich, was manche Menschen anderen antun", meinte Roman kopfschüttelnd.

„Habt ihr alle für uns wichtigen Informationen erhalten?"

„Ja, wir können fahren. Ich will hier irgendwie nur noch ganz schnell weg."

„Das versteh ich, mir geht's auch so."

Kaum wieder ins Auto eingestiegen, läutete Schichta's Handy.

„Schichta?", meldete er sich.

„Lukas hier. Ich hab jetzt alle Informationen von der Notrufzentrale. So ein Irrer hat angerufen und meinte, dass er der Mörder sei."

„Was? O.k., Lukas. Fordere die Bänder bitte an. Wir sind hier für den Moment fertig und fahren augenblicklich zurück ins Büro. Wir sehen uns gleich, dann erzählst du mir alles ganz genau."

Schichta beendete das Gespräch und stieg aufs Gas.

Kapitel 3

„Gnädige Frau, werter Herr, schön dass Sie uns wieder beehren. Sie waren schon eine ganze Weile nicht hier", begrüßte der Kellner höflich die Gäste.

„Wir waren leider beide krank. Aber jetzt geht es uns wieder eindeutig besser."

„Oje, hoffentlich nichts Schlimmes. Schön, dass es Ihnen wieder besser geht. Den üblichen Platz am Fenster?", fragte er, obwohl er die Antwort bereits kannte, während er das Paar zu dem gewohnten Tisch begleitete.

„Aber Herr Markus, das wissen Sie doch", antwortete Florian.

„Selbstverständlich."

Das Paar setzte sich an seinen Stammtisch und sie nahmen die Karte zur Hand.

„Darf ich Ihnen in der Zwischenzeit etwas zu trinken bringen? Wie immer ein Gläschen Rotwein?", fragte der Kellner.

„Ja, bitte sehr gerne, wenn Sie wieder den guten Zweigelt haben, würden wir diesen nehmen. Und wie immer eine kleine Flasche Mineralwasser dazu. Danke, Herr Markus. Wir schauen währenddessen in die Karte. Oder können Sie uns für heute etwas empfehlen?", fragte Sarah nach.

„Einen Zweigelt haben wir, gnädige Frau, und Mineralwasser selbstverständlich auch – alles wie immer. Zum Essen kann ich Ihnen heute den Spezialtoast mit gemischtem Salat empfehlen."

„Was ist so speziell an dem Toast, und was ist drinnen?", wollte Florian wissen.

„Speck, Käse, Zwiebel, Knoblauch und Paradeiser. Das Ganze in getoastetem Schwarzbrot. Dann kommt noch extra gerösteter Zwiebel drüber und ein Spiegelei", erklärte Ihnen der Kellner.

„Ja, das klingt sehr gut. Genau richtig für den Abend. Danke, Herr Markus, das werden wir nehmen", bestellte Florian für ihn und seine Frau.

Herr Markus schrieb die Bestellung auf und ging damit Richtung Küche.

„Ich freu mich schon auf das heutige Stück in den Kammerspielen. Wird sicher wieder lustig werden", sagte Sarah zu ihrem Mann.

„Das glaub ich auch. Ich finde es schön, dass wir regelmäßig ins Theater oder in die Oper gehen, meine Liebe."

„Find ich auch. Das war eine gute Idee von dir, mindestens einmal im Monat etwas Kulturelles zu unternehmen. Seit die Kinder aus dem Haus sind, haben wir endlich wieder mehr Zeit für uns zwei. Unsere Beziehung lebt wieder richtig auf. Danke, Schatz. Außerdem bin ich froh, dass es uns wieder besser geht und wir die heutigen Theaterkarten nicht verfallen lassen müssen."

„Ja, darüber bin ich auch froh. Außerdem tut uns das beiden gut. Ich danke dir, dass du da mitmachst."

Kaum hatten Sie das besprochen, kam auch schon der Kellner mit den Getränken. Er legte zwei mit einer Bierwerbung bedruckte Untersetzer auf den kleinen, rechteckigen Tisch und stellte die Gläser drauf. Dann ging er wieder zurück in Richtung Küche.

„Prost, Sarah – auf dich."

„Prost, Florian – auf uns und einen weiteren schönen Abend."

Sie nahmen beide einen kräftigen Schluck Rotwein und stellten gleichzeitig die Gläser mit einem Lächeln im Gesicht wieder ab.

Vor einigen Jahren hatten sie das kleine, typische Wiener Kaffeehaus in der Innenstadt entdeckt. Anfangs gingen sie am Samstagvormittag immer dorthin frühstücken. Die Kinder schliefen sowieso bis Mittag, also hatten sie den Vormittag für sich. Später war es der Samstagabend. Da es immer kleine Snacks zum Essen gab, wurde es zur Gewohnheit. Daher kannten sie alle drei Kellner, die dort seit Jahren arbeiteten. Herr Dominik hatte meistens den Früh- und Vormittagsdienst. Am Nachmittag und am Abend waren es Herr Markus und Herr Anton. Alle drei begrüßten das Ehepaar immer sehr freundlich. Sie wussten, dass diese zwei immer gutes Trinkgeld gaben. Deshalb hielten sie den einen besagten Tisch am Fenster für Samstagvormittag beziehungsweise für den Abend für die beiden immer frei.

Der Tisch war eigentlich gar nichts Besonderes. Genau richtig für zwei Personen. Etwa ein Meter breit und lang. Sie saßen sich immer gegenüber und lächelten sich an. Beide liebten es während des Essens und der Gespräche durch das Fenster auf die kleine Gasse vor dem Lokal zu schauen. Viele Leute gingen nicht daran vorbei. Das kleine Café war in einer Seitengasse versteckt. Aber wenn jemand daran vorbeiging, dann bewunderte er es ebenfalls von außen.

Die Kellner freuten sich, wenn sich auch andere als die üblichen Stammgäste ins Lokal verirrten. Es gab viele Gäste, und das Kaffeehaus war immer gut besucht. Kaum ein freier Platz war zu bekommen. Und trotzdem war der Platz am Fenster für Florian und Sarah immer reserviert.

Zuerst wurde der gemischte Salat serviert. Herr Markus stellte diesen jeweils neben den Gläsern ab. Als kurz darauf der Spezialtoast vor ihnen hingestellt wurde, begannen beide sofort zu essen. Der Toast sah verführerisch gut aus. Genauso schmeckte er auch. Das Schwarzbrot passte wunderbar zum Speck und dem Spiegelei. Florian und Sarah sahen sich in die Augen und verstanden sofort die Gedanken des anderen.

„Dieser Toast ist einfach göttlich.“

Sie nahmen sich immer eine gute Stunde Zeit, um in Ruhe essen und trinken zu können, bevor es weiter ins Theater ging.

Nachdem sie fertig waren, kam Herr Markus und servierte die Teller ab.

„Darf es noch eine kleine, süße Nachspeise sein? Vielleicht eine Torte oder ein Stück Kuchen? “, fragte er.

Florian und Sarah sahen sich an und schüttelten beide die Köpfe.

„Nein danke, Herr Markus, heute nicht. Wir sind froh, dass es uns wieder besser geht und hoffen, dass der herrliche Toast in unseren Bäuchen bleibt. Da wollen wir ihn nicht mit zu viel Süßem wieder beleidigen“, sagte schließlich Florian.

„In Ordnung. Darf ich schon die Rechnung bringen oder wollen Sie noch etwas zu trinken?“

„Nichts mehr, danke. Die Rechnung bitte.“

„Gerne, ich bin sofort wieder zurück.“

Als Herr Markus mit der Rechnung zurückkam, bezahlte Florian wie immer in bar. Und wie jedes Mal gab er ein gutes Trinkgeld.

„Danke schön, werter Herr, gnädige Frau. Und wo geht's heute hin? Wieder einmal in die Oper?“

„Heute gehen wir in die Kammerspiele. Da waren wir schon lange nicht mehr. Es spielt ´Der zerbrochene Krug` – wird sicher lustig“, erklärte ihm Sarah mit wahrer Begeisterung.

„Dann wünsche ich gute Unterhaltung und noch einen wunderschönen Abend. Bis zum nächsten Mal“, verabschiedete sich Herr Markus.

Florian und Sarah taten es ihm gleich.

Sie verabschiedeten sich und verließen das Lokal. Dann spazierten sie gemütlich in Richtung Rotenturm -Straße.

Kapitel 4

„Hallo, Nicole. Ich wollte dir nur sagen, dass ich am Weg nach Hause bin. Soll ich irgendwas zu essen mitnehmen? Vielleicht vom Chinesen? Oder lieber Pizza?", fragte Herbert.

„Herbert, das ist schön, dass du bald heimkommst. Aber du brauchst nichts mitnehmen, ich hab gekocht."

„Oh, super, was gibt's denn?"

„Lass dich überraschen. Komm einfach schnell nach Hause. Bis gleich."

„Bin in knapp zehn Minuten da. Ciao", verabschiedete er sich von Nicole und legte auf.

Er war sehr hungrig. Den ganzen Tag hatte er nur eine Leberkässemmel und jede Menge Kaffee. Seine Gedanken drehten sich um alle möglichen Speisen und sein Magen begann zu rumoren. Er musste sich beeilen, sonst würde er noch verhungern. Außerdem freute er sich auf seine Nicole.

„Hallo Nicole", begrüßte Herbert sie, als er die Wohnungstüre öffnete. Sie kam sofort auf ihn zu und er gab ihr einen dicken Kuss.

„Schön, dass du schon da bist. Willst du gleich essen oder gehst du dich vorher noch umziehen?"

„Ich spring noch schnell unter die Dusche, um mir die Arbeit abzuwaschen. Dann bin ich bereit für dich und dein Essen."

„Gut, dann wärme ich das Essen schon auf."

Herbert stand unter dem warmen Wasserstrahl des Duschkopfes und ließ das Wasser einfach über sich drüber rinnen, ohne sich zu bewegen. Er versuchte den Tag aus seinem Kopf zu spülen, was natürlich nicht wirklich gelang. Warum hatte immer er das „Glück", solche absurden Mordfälle zu bekommen, dachte er. Aber im Moment konnte er nichts tun. Also versuchte er seine Gedanken auf Nicole zu konzentrieren. Das klappte. Er begann sich etwas zu entspannen. Rasch wusch er sich die Seife aus seinen Haaren und von seinem Körper, stieg aus der Dusche, trocknete sich ab und schlüpfte in frische Boxershorts und ein sauberes T-Shirt. Er fühlte sich danach um einiges besser.

Ein paar Minuten später erschien er frisch gestriegelt beim Esstisch.

Nicole hatte bereits das Essen und die Getränke auf den Tisch gestellt.

„Hmmm, wie herrlich du duftest", sagte sie.

„Danke, Liebling. Frisch geduscht, nur für dich. Und danke, dass du gekocht und auf mich gewartet hast."

Herbert gab Nicole einen zärtlichen Kuss und setzte sich zu ihr.

„Das schaut ja traumhaft gut aus.“

„Ich hoffe, es schmeckt auch so gut“, sagte Nicole, gespielt unsicher.

Sie wusste, dass sie gut kochen konnte. Und sie wusste, dass Herbert alles mochte, was sie zubereitete.

An diesem Abend gab es Eiernockerl mit grünem Salat.

„Du bist eine wahre Göttin. Nicht nur, was das Kochen anbelangt“, zwinkerte er ihr zu.

„Ich weiß, ich hab dich auch lieb“, antwortete sie schelmisch.

Während des Essens erzählte Herbert ihr von dem Radiointerview.

„Ich hab’s mir gestern Abend angehört. Du warst brillant, wie immer. Aber es gibt schon komische Menschen. Dieser Simon ist mir nicht mehr aus dem Kopf gegangen. Glaubst du, da steckt mehr dahinter? Überhaupt, wo du ja tatsächlich eine Tote auf dem Tisch hast“, meinte Nicole.

„Gott sei Dank nicht auf meinem Tisch, sondern auf dem des Gerichtsmediziners.“

„Ach, du weißt schon was ich meine.“

„Ja, das weiß ich. Und ich hoffe nicht, dass es wahr ist. Auf dem Heimweg dachte ich auch noch einmal darüber nach. Doch als ich dich sah, war der Gedanke wieder verschwunden. Nach dem heutigen Tag dachte ich sowieso nicht mehr daran. Und ja, du hast Recht, manche Menschen wollen gewisse Dinge einfach nicht verstehen. Ich kann nicht über Ermittlungstechniken sprechen. Auch nicht über laufende Fälle. Über mein Privatleben spreche ich sowieso nicht. Aber ich glaub auch, dass es sonst gut gelaufen ist."

„Vielleicht ist er doch der Mörder von dieser Toten, deinem neuen Fall?"

„Schatz, denken wir jetzt nicht mehr darüber nach. Lassen wir uns den Abend damit nicht verderben."

„In Ordnung. Tut mir übrigens leid wegen gestern. Ich wollte so gerne auf dich warten, aber bin dann leider doch eingeschlafen. Mich hat dieser Simon schon sehr verwirrt."

„Schluss damit."

Nachdem beide mit dem Abendessen fertig waren, stand Herbert auf, gab Nicole einen Kuss auf die Wange, nahm die Teller und trug diese in die Küche. Ein eindeutiges Zeichen, dass dieses Gespräch beendet war. Auch wenn Nicole noch so gerne weiter gebohrt hätte, wusste sie, sie durfte nicht weiter darauf herumreiten. Soweit kannte sie Herbert schon. Nachbohren half nichts. Da wurde er nur böse. Das wollte sie nicht. Ganz und gar nicht. Wenn er soweit ist, wird er ihr alles erzählen. Auch das wusste sie schon.

Gemeinsam machten sie rasch den Esstisch und die Küche sauber und dann setzten sie sich auf die Couch ins Wohnzimmer. Herbert hielt Nicole in seinen Armen und war einfach nur glücklich.

„Ich bin so froh, dass du bei mir bist. Jetzt kann ich dich immer sehen und spüren."

„Glaub mir, ich bin auch sehr glücklich darüber. Aber jetzt erzähl. Wie war dein Tag? Was ist passiert?"

„Du willst es wirklich wissen. Ich kenn dich mittlerweile auch schon sehr gut. Das Thema ´Simon` ist abgehakt, jetzt kommt das nächste Kapitel. Ach, Nicole, was soll ich nur mit dir machen?"

„Bitte, ich bin doch so neugierig."

„Ja, Liebes, das weiß ich. Nachdem du sowieso keinen Frieden geben wirst, erzähl ich es dir. O.k., also, ich bekam einen Anruf von einem neuen Gerichtsmediziner. Ich solle unbedingt zu ihm kommen, er müsse mir etwas zeigen. Also fuhr ich gemeinsam mit Roman dorthin. Was wir dort sahen, war wirklich nicht schön. Eine junge Frau, etwa 20 Jahre alt, mit aufgesägtem Schädel."

„Das klingt ja schrecklich."

„Du kannst dir gar nicht vorstellen, wie schlimm das wirklich war. Der Mediziner erzählte mir, dass die Tote in den Kammerspielen gefunden wurde. Also sind wir auch dorthin gefahren. Ich erzähl dir jetzt aber nicht, wie der Tatort ausgesehen hat. Es genügt, wenn ich Albträume davon bekomme, die brauchst du nicht auch noch."

„Weißt du schon, wer sie ist?"

„Nein, bis jetzt wissen wir sehr wenig. Wir haben noch keinen Autopsiebericht. Es gab angeblich aber einen Notruf. Auf diese Aufzeichnung müssen wir auch noch warten. Deshalb sind wir alle heimgefahren. Morgen ist auch noch ein Tag. Vielleicht wissen wir dann schon mehr."

„Danke, dass du mir das erzählt hast."

„Gerne. Und wie war dein Tag?"

„Es ist schön, wieder arbeiten zu gehen. Da komm ich auf andere Gedanken und denke nicht die ganze Zeit an dich. Wobei es mir noch immer nicht ganz gelungen ist."

„Ach, du bist so süß", schmolz Herbert regelrecht dahin. Er zog sie enger an sich und gab ihr einen Kuss auf die Stirn.

„Danke, Herbert. Ich bin froh, dass ich endlich die andere Wohnung verkaufen konnte. Die Übersiedlung war stressig, wie du weißt, aber es ist endlich erledigt. Zusammen schaffen wir alles. Darüber bin ich sehr dankbar. Hier bei dir zu sein, macht mich so glücklich."

Nicole schmiegte sich enger an Herbert an und genoss seine Nähe und Wärme.

Er erwiderte die Nähe, indem er sie noch näher an sich zog und sie leidenschaftlich küsste. Dann begann er sie zärtlich zu streicheln. Eines ergab das andere und letztendlich standen sie gemeinsam unter der Dusche, um ihre erhitzten Körper wieder abzukühlen. Im Anschluss verschwanden sie im Schlafzimmer, kuschelten sich eng aneinander und schliefen erschöpft, aber entspannt und friedlich ein.

Kapitel 5

Ein Abschiedskuss und schon war Herbert wieder raus aus der Türe, am Weg ins Büro. Er war heilfroh, dass es keinerlei Albträume gab. Die Ablenkung mit Nicole tat eindeutig gut. Auch sie musste bald los. Doch seine Gedanken waren immer noch bei der wunderschönen Nacht, die er mit Nicole verbracht hatte.

In der Arbeit angekommen, mussten die erotischen Rückblicke der vergangenen Nacht dem Ernst der Lage weichen. Nachdem er, wie jeden Morgen, sein Team begrüßt hatte, ging er in sein Büro, setzte sich sofort an seinen Computer und las sich erneut sein Protokoll vom vorangegangen Tag durch. Das tat er immer, damit er Sachen ergänzen konnte, die er eventuell vergessen oder übersehen hatte oder genauer beschreiben musste. Immer wieder ein kurzer Blick in sein Notizbuch bestätigte ihm, dass alles protokolliert wurde. In genau diesem Moment erhielt er eine E-Mail von Doktor Schreiberling, dem Gerichtsmediziner. Der Autopsiebericht war fertig. Sofort öffnete er diesen und begann zu lesen.

Leiche: weiblich

Name: Romana Sagenfels, ermittelt aufgrund ihrer Fingerabdrücke

Alter: 23 Jahre

Größe: 1,67 m

Haarfarbe: blond, schulterlang

Augenfarbe: braun

Todesursache: Mord

Tatwaffe: Säge

Dem Opfer wurde bei lebendigem Leib der Schädel aufgesägt und das Gehirn freigelegt. Infolgedessen kam es zu starkem Blutverlust und letztendlich zum Herzstillstand.

„Wahnsinn, das ging ja schnell."

Schichta rief sofort Roman, seine rechte Hand, zu sich.

„Roman, wir haben den Autopsiebericht. Auch den Namen der Toten. Bitte trommle alle zusammen, wir machen eine kurze Besprechung. Sagen wir, in einer halben Stunde."

„Gut, mach ich. Bis gleich."

Schichta sammelte alle Informationen zusammen, die er bis jetzt hatte, und war pünktlich im Besprechungszimmer.

„Danke für euer Kommen. Ich wollte euch darüber informieren, dass wir bereits einen Autopsiebericht haben. Außerdem einen Namen. Die Tote heißt Romana Sagenfels und ist 23 Jahre alt. Todesursache war eindeutig Mord durch das

Aufsägen des Schädels. Wer hat noch Neuigkeiten zu diesem Fall?", fragte Schichta in die Runde.

„Ich hab mich mit der Notrufzentrale in Verbindung gesetzt. Es gab tatsächlich einen sehr merkwürdigen Anruf. Nachdem mir dieser zugeschickt wurde, habe ich ihn mir sofort angehört. Da behauptet ein Mann, er sei der Mörder unseres Opfers", meldete sich Lukas.

„Tatsächlich? Haben wir sonst noch Informationen zu dem Typen?", fragte Schichta nach.

„Nein, leider nicht."

„Mein Gespräch mit dem Polizisten, der als Erster vor Ort war, ergab nichts Neues. Er erhielt von der Notrufzentrale die Anweisung, zu den Kammerspielen zu fahren, da es dort angeblich eine Leiche gab. Als er mit seinem Kollegen dorthin kam, … na ja, ihr habt es selbst gesehen", gab Valentin seine Infos an das Team weiter.

„Christoph, nachdem ja die Identität des Opfers bereits geklärt ist, such bitte nach Vermisstenanzeigen, Ungewöhnlichem in den sozialen Medien und so weiter", bat ihn Schichta.

„Wird erledigt", antwortete Christoph.

„Rainer, gibt es irgendwelche Zeugen?"

„Nein, Herbert, noch nicht. Ich arbeite mich noch durch die Fotos und Videos von den Schaulustigen. Vergleiche diese auch mit den Bildern der Spurensicherung, welche ich heute Morgen bereits erhalten habe. Wenn ich etwas finde, geb ich dir sofort Bescheid."

„Gabriel, was hast du für uns?", fragte Schichta weiter.

„Bis jetzt auch nur die Infos vom Gerichtsmediziner. Den Autopsiebericht hat er mir auch geschickt, nachdem ich bei ihm war und ihn darum gebeten hatte. Die Tote sieht tatsächlich schrecklich aus. Ich hab sie gesehen. Doktor Schreiberling hat die Leiche noch nicht freigegeben, da er noch auf einige Befunde wartet. Obwohl für ihn die Todesursache glasklar ist, hat er noch zusätzliche Blutuntersuchungen angeordnet. Auch einen toxikologischen Befund. Er findet das Ganze sehr merkwürdig. Er meinte sogar, dass hier irgendetwas nicht stimmt. Aber er gibt mir sofort Bescheid, wenn er noch etwas findet."

„Roman, Philipp, habt ihr noch etwas?"

„Nein, meine Fotos hab ich auch an Christoph weitergeleitet. Die Spurensicherung ist noch nicht fertig mit diversen Abdrücken und Auswertungen. Auch wissen sie noch nicht, was dieses fast mikroskopisch kleine Glitzerdings sein soll", sagte Philipp.

„Meine Befragung mit dem anwesenden Personal hat auch nichts Wesentliches ergeben, nur das, was wir bereits wussten. Die Leute kamen erst hinzu, als die Leiche bereits von dem Kollegen gefunden worden war. Also, bis jetzt auch nichts Relevantes", antwortete Roman.

„Danke, Leute. Hoffentlich bekommen wir bald Antworten. Eine Frage hab ich noch: Hat einer von euch mein Interview im Radio gehört?"

Roman, Lukas und Valentin nickten mit dem Kopf.

„Herbert, du warst super. Yvonne und ich waren sehr stolz auf dich. Wir haben uns auch sehr amüsiert", antwortete Roman mit einem breiten Grinser von einem Ohr zum anderen.

„Hahaha, wirklich lustig. Um das geht's doch gar nicht. Aber was sagt ihr zu diesem Simon, der angerufen hat? Mir geht der Kerl nicht mehr aus dem Kopf. Schon komisch, dass er einen Mord an einer Frau gesteht und wir daraufhin tatsächlich eine Tote finden. Also mir lässt das irgendwie keine Ruhe. Denkt ihr, es war wirklich dieser seltsame Typ?"

„Nein, Chef. Der wollte dich nur an der Nase herumführen. Du hast Recht, es war seltsam, aber der Kerl ist nur ein Angeber", sagte Rainer.

„Ich werde trotzdem versuchen herauszubekommen, wer dieser Kerl war", seufzte Schichta geistig abwesend.

Er bedankte sich bei seinem Team und ging zurück in sein Büro. Es wurde eindeutig Zeit seine Pinnwände aus dem Abstellkammerl zu holen.

Kurz darauf standen die Tafeln am üblichen Platz, vor der breiten Wand in seinem Büro. Zuerst pinnte er das Foto des Mordopfers drauf. Dann schrieb er ihren Namen darunter und der Autopsiebericht wurde auch daneben gepinnt. Auf ein Post-it schrieb er den Namen Simon mit einem dicken, roten Fragezeichen daneben und heftete diesen auch an die Wand. Danach ging er an seinen Computer und druckte die – für ihn – wichtigsten Tatortfotos aus. Auch diese kamen auf die Tafel. Er bemerkte, dass dieses Glitzerdings auf keinem der Bilder zu sehen war. „Wahrscheinlich hätte es mit einer professionellen Kamera aufgenommen werden müssen. Hoffentlich hat die Spurensicherung bessere Bilder davon", sagte Schichta zu sich selbst und griff zum Telefon.

„Schichta hier. Könnten Sie mir bitte sagen, ob die Bilder vom Tatort schon ausgewertet sind?", fragte er den Chef der Spurensicherung.

„Tut mir leid, Herr Kommissar, so weit sind wir noch nicht. Das wird noch dauern. Die Fotos hab ich aber bereits an Ihren Kollegen geschickt, aber die Auswertungen noch nicht. Wir haben so viele Kleinigkeiten gefunden, die alle überprüft und bewertet werden müssen. Aber ich schick Ihnen alles, sobald wir fertig sind."

„Danke. Ich hätte nur eine Frage. Am Tatort befand sich ein winzig kleines Stück Glitzer. Haben Sie davon vielleicht Fotos gemacht?"

„Glitzer? Sagt mir im Moment gar nichts. Wenn ja, dann wird es bei den anderen Bildern dabei sein. Wie bereits gesagt: Wenn ich fertig bin, bekommen Sie alles von mir. Ich werde mich beeilen."

„Herzlichen Dank, auf Wiederhören."

Schichta hoffte auf baldige Nachricht der Spurensicherung.

Er stand wieder einmal vor der Tafel, schüttelte den Kopf und versuchte sich alle Details einzuprägen. Sofort erkannte er, dass hier so einiges nicht stimmen konnte.

Ihm gefiel weder die Todesursache noch der Tatort. Alles wirkte so … er konnte es gar nicht benennen. Es war einfach alles falsch.

Doch er würde es schon sehen.

Wenn nicht jetzt, dann sicher später.

Kapitel 6

Zwei Tage waren bereits vergangen. Schichta und sein Team waren damit beschäftigt, Ordnung in das momentane Chaos zu bringen. Sie waren schon auf einem guten Weg. Mittlerweile hielten sie schon einige wichtige Informationen in den Händen. Schichta saß an seinem Schreibtisch und studierte einige Fotos.

„Schichta?", meldete er sich, als sein Festnetzanschluss im Büro läutete.

„Guten Morgen, Herr Kommissar. Hier spricht Doktor Schreiberling. Sie werden es nicht glauben, aber ich habe wieder zwei Leichen auf meinem Tisch. Auch diesen beiden wurden die Köpfe aufgesägt und … na ja, Sie wissen schon."

„Verdammt! Noch zwei Tote? Das darf doch nicht wahr sein. Wieder wurde ich nicht verständigt. So ärgerlich. Aber Sie können ja nichts dafür. Danke für die Info. Ich bin gleich bei Ihnen", fluchte Schichta.

„Roman, wir haben zwei weitere Leichen. Kommst du wieder mit mir in die Gerichtsmedizin?", fragte er ihn am Telefon.

„Muss das sein? Wieder so zugerichtet?", stöhnte Roman bei dem Gedanken.

„Ja, leider."

„Eigentlich will ich das nicht noch einmal sehen. Aber gut, ich bin gleich bei dir."

Kaum zwei Minuten später betrat Roman das Büro von Herbert. Dieser stand vor der Pinnwand und starrte vor sich hin.

„Bist du soweit?", fragte ihn Roman.

„Ja. Ich bin fertig. Fahren wir", sagte Schichta.

„Gleich zwei weitere Leichen? Ich kann's nicht glauben. Mal sehen, was auf uns noch so alles zukommt", murmelte Schichta vor sich hin. Auch Roman konnte nur den Kopf schütteln. Stillschweigend fuhren sie zu Doktor Schreiberling.

In der Gerichtsmedizin angekommen, standen beide vor den Toten und starrten wieder in offene, durchwühlte Schädel.

„Was ist passiert? Wo wurden die beiden gefunden? Wieder in den Kammerspielen?", fragte Schichta.

„Die beiden wurden mir vor zwei Stunden hergebracht. Hier haben Sie die Karte von dem Polizisten, der die Leichen gefunden hat. Beide lagen tot in ihrem eigenen Badezimmer."

Schichta nahm die Karte entgegen und erkannte sofort den Namen. Der arme Kerl war auch am Tatort in der Rotenturm-Straße.

„Wie sie sehen können, haben wir wieder zwei aufgesägte Schädel. In den Gehirnen wurden auch bei diesen beiden herumgewühlt."

„Herbert, ich bin einfach nur sprachlos von so viel Grausamkeit. Haben wir es schon wieder einmal mit einem Serientäter zu tun?", sagte Roman mehr zu sich selbst als zu Schichta.

„Danke, Herr Doktor Schreiberling. Ich denke, wir haben genug gesehen. Sie melden sich wieder bei mir, wenn Sie mehr wissen?"

„Selbstverständlich. Den Autopsiebericht schick ich Ihnen wieder zu. Ich müsste auch bald die anderen Befunde des ersten Opfers haben."

Roman und Herbert verabschiedeten sich und fuhren zurück ins Büro. Während der Fahrt rief Roman den Polizisten an und bat ihn, auch ins Büro zu kommen.

Ein weiteres Meeting mit den Kollegen wurde einberufen.

„Wie ihr bereits gehört habt, haben wir zwei weitere Leichen. Diesmal eine weibliche und eine männliche. Derselbe Polizist hat die beiden gefunden. Er wird etwas später auch zu uns dazustoßen", erklärte Schichta seinen Leuten.

„Der nächste Serientäter. Super, und wir dürfen ihn wieder einmal fangen", erklärte Lukas.

„Sieht so aus, Lukas. Wir sind ein super Team. Wir werden den Täter schnappen. Vertrau mir."

„Den Täter oder die Täterin. Vielleicht auch mehrere Täter?", gab Rainer zu verstehen.

„Ich bin überzeugt davon, dass es sich um einen männlichen Täter handelt. Immerhin hat er beim Notruf angerufen und das gestanden. Der Kerl spielt mit uns. Aber wir werden ihn kriegen", erwiderte Schichta.

In dem Moment kam der Polizist bei der Türe herein.

„Tut mir leid, dass ich jetzt erst komme. Ich hab mich beeilt", meinte Felix Golden, der Polizist.

„Kein Problem, Herr Golden. Danke, dass Sie überhaupt hier sind. Bitte erzählen Sie uns, wie Sie die beiden Toten gefunden haben?", begrüßte ihn Schichta.

„Es kam wieder ein Notruf rein. Nachdem ich in der Nähe war, fuhr ich hin."

„Ein Notruf? Wie beim ersten Mal?", fragte Schichta.

„Ja, genau wie beim ersten Mal. Ein Mann rief an und meldete zwei Morde. Er erklärte, er habe einen Mann und dessen Frau ermordet. Dann gab er die Adresse der beiden bekannt. Als ich dort ankam, war die Wohnungstüre nur angelehnt. Ich zog meine Waffe, gab mich zu erkennen, doch es war alles still. Niemand war mehr dort. Dann ging ich vorsichtshalber durch jeden Raum in der Wohnung. Schließlich auch ins Badezimmer – das hatte der Kerl bei dem Notruf extra betont und angegeben – und da lagen die beiden. Die Frau lag in der Badewanne und ihr Mann davor am Fliesenboden. Beiden wurde der Kopf aufgesägt. Außerdem konnte man erkennen, dass sich wohl beide im Vorfeld übergeben hatten. Alles war ident zu dem Mord in den Kammerspielen. Ich rief sofort den Gerichtsmediziner und die Spurensicherung an.“

„Warum haben Sie nicht direkt uns angerufen?“, wollte Schichta wissen.

„Der Gerichtsmediziner meinte, er würde Sie verständigen, da er Sie bereits kannte. Entschuldigen Sie bitte, aber ich wollte dort nur schnell weg.“

„Das kann ich verstehen. Haben Sie einen Namen und eine Adresse für uns?“

„Ja, es handelt sich um Florian und Sarah Sommer. Die Adresse ist Hetzendorferstraße 120 im 12. Bezirk.“

„Roman, Philipp, lasst uns zum Tatort fahren. Danke, Herr Golden für Ihre Hilfe“, verabschiedete sich Schichta.

„Ich hoffe, das war das letzte Mal. Es ist keine Freude, Leichen zu begutachten.“

Der Polizist stöhnte, verabschiedete sich und verließ schließlich das Büro.

Valentin, Christoph, Rainer, Lukas und Gabriel verschwanden in ihren Büros und begannen mit diversen Suchanfragen, Telefonaten und was so alles anfiel.

Roman, Philipp und Herbert fuhren in die Hetzendorferstraße.

Dort angekommen, standen immer noch Polizeibeamte vor dem Haus.

Schichta stellte sich vor und die drei gingen in den dritten Stock in besagte Wohnung. Ein weiterer Anblick des Grauens erwartete sie im Badezimmer. Die weißen Fliesen mit den außergewöhnlich zartrosa Fugen waren blutbeschmiert. Im eckigen, weißen Waschbecken und auf der rosa Toilette sah man jede Menge Erbrochenes. In der zartrosa Badewanne schwamm Blut und Gehirnmasse. Der Duschvorhang und die Oberschränke waren auch voller Blutspritzer. Im Wäschekorb lagen jede Menge blutgetränkter Handtücher. Diese waren auch einmal rosa gewesen – jetzt waren sie dunkelrot.

Schichta nahm sein Notizbuch in die Hand und schrieb alles auf, was er sah. Jede Kleinigkeit. Dann fotografierte er mit seinem Handy das Badezimmer.

Das Bad sah schrecklich aus. Wie in einem Schlachthof.

„Lukas, hier am Tatort sieht es schlimm aus. Bitte kümmer dich um den Notruf, der einging. Ich brauch den unbedingt. Bitte mach einen Stimmenvergleich. Wir müssen wissen, ob es sich um denselben Kerl handelt. Wir kommen bald zurück", sagte Schichta am Telefon.

Danach ging er zu den Leuten der Spurensicherung.

„Habt Ihr euch schon die Eingangstüre angeschaut? Wurde die gewaltsam geöffnet?"

„Nein, eindeutig nicht."

„Dann hatte der Täter einen Schlüssel oder die Sommers kannten diesen sogar", meinte Schichta.

Kopfschüttelnd ging er durch die Wohnung, sah sich um, notierte und fotografierte alles und ging dann wieder ins Badezimmer.

„Was ist denn hier passiert?", wollte eine Frau wissen, die plötzlich vor der Eingangstüre stand.

„Gute Frau, bitte treten Sie etwas zurück. Hier gibt es nichts zu sehen", sagte einer der Beamten, der vor der Wohnungstüre Wache schob.

„Aber ich will wissen, ob ich hier in Gefahr bin! Ich wohne gleich nebenan!"

Nachdem sich die Nachbarin nicht abwimmeln ließ, ging der Beamte rasch zu Schichta und erzählte ihm von ihr. Er bedankte sich und ging vor die Türe.

„Guten Tag. Mein Name ist Kriminaloberkommissar Herbert Schichta. Ich leite diese Ermittlung. Sie sagen, Sie sind die Nachbarin. Haben Sie vielleicht etwas gehört oder gesehen?"

„Ich bin Monika und wohn gleich da nebenan."

Sie deutete mit dem Finger auf die nächste Türe.

„Leider hab ich nichts gehört. Ich hab letzte Nacht bei meinem Sohn und meinen Enkelkindern übernachtet. Wie ich heute gegen Mittag nach Hause gekommen bin, stand die Polizei da und die Türe war offen", sagte sie zu Schichta.

„Gestern, war da noch alles in Ordnung? Haben Sie Herrn und Frau Sommer gestern gesehen?", fragte er nach.

„Nein gestern nicht. Vor ein paar Tagen war Sarah kurz bei mir, da es beiden in letzter Zeit nicht gut ging. Es war beiden seit einigen Tagen so übel. Sie fragte ob ich Kamillentee hätte. Nachdem ich ihr welchen gegeben hatte, verschwand sie wieder. Seit drei Tagen hab ich nichts mehr gehört oder gesehen von ihr."

„Sonst noch etwas?"

„Nein, leider nicht. Gestern, so gegen 19 Uhr bin ich dann zu meinem Sohn gefahren. Da war die Türe eindeutig zu."

„Danke für die Informationen. Hier haben Sie meine Karte. Bitte melden Sie sich, wenn Ihnen noch etwas einfällt.“

Monika nahm die Karte an sich. Dann versuchte sie noch einen Blick in die Wohnung zu erhaschen, was ihr nicht gelang. Denn Schichta stellte sich ihr in den Weg, damit sie nicht hineingehen konnte. Also ging sie letztendlich wieder in ihre Wohnung und schloss diese zu. Schichta konnte hören, wie sie zwei Mal zusperrte und die Sicherheitskette schloss.

Er ging wieder zurück ins Bad. Dann schrieb er rasch „den Sommers war seit Tagen sehr übel“ in sein Notizbuch.

„Die Nachbarin hat mir gerade erzählt, dass es den beiden nicht gut ging. Frau Sommer ging zu ihr und bat um Kamillentee. Deshalb auch das Erbrochene im Bad“, sagte Schichta zur Spurensicherung.

„Bei der Toten in den Kammerspielen war auch überall Erbrochenes. Zufall oder Gemeinsamkeit?“, sagte Roman zu Schichta.

„Interessanter Gedanke, Roman. So weit war ich noch gar nicht. Warten wir ab, was Herr Doktor Schreiberling dazu sagt. Ich werde ihn vorsichtshalber darauf hinweisen.“

Rasch rief er ihn an, um ihm diese Gemeinsamkeit zu berichten. Doch er wusste es bereits. Auch bei den Sommers hatte er bereits eine toxikologische Untersuchung angeordnet.

„Herr Kommissar, alles wurde bereits in die Wege geleitet. Ich weiß nicht, wie es Ihnen damit geht, aber mein Bauchgefühl flippt vor Unruhe fast aus. Bin schon sehr auf die Testergebnisse gespannt. Ich melde mich wieder. Auf Wiederhören."

Schichta legte auf und konnte nur mit den Schultern zucken, denn ihm erging es genauso. Auf der einen Seite freute es ihn, dass es auch noch jemanden anderen mit diesem Gefühl gab. Aber auf der anderen Seite verhieß das etwas ganz Schlimmes.

Er sammelte seine Leute ein und gemeinsam fuhren sie wieder ins Büro. Während der Fahrt erzählte er von seinem Telefonat mit dem Gerichtsmediziner. Roman und Philipp standen die Münder offen. Sie wussten, was das zu bedeuten hatte.

Kapitel 7

„Hallo, Mama. Wie geht's dir?", meldete sich Lena, als sie das Telefonat annahm.

„Lena, meine Liebe. Es ist etwas Schreckliches passiert."

„Was ist denn? Du klingst ja völlig verstört. Mama, was ist passiert?"

Lenas Magen krampfte sich augenblicklich zusammen, als sie ihre Mutter reden hörte. Sie bekam es mit der Angst zu tun. Ihre Hände zitterten und sie fühlte sich, als würde sie keine Luft mehr bekommen.

„Kannst du dich noch an Florian und Sarah Sommer erinnern?"

„Nein, das sagt mir jetzt nichts."

„Das waren Freunde von Papa."

„Oh ja. Die waren einmal mit uns in einer Ausstellung in Krems. Meinst du die zwei? Die haben doch auch Kinder, so in meinem Alter."

„Ja, genau die zwei mein ich. Stell dir vor, die beiden sind tot."

„Was? Was ist ihnen zugestoßen?"

„Ich weiß es nicht. Nur, dass die zwei tot sind. Die Nachbarin hat mich angerufen, weil sie wusste, dass wir schon so lange befreundet waren. Die Polizei ermittelt auch. Du kennst doch diesen einen Kommissar. Kannst du den vielleicht anrufen und nachfragen?"

„Nein, das werde ich nicht tun. Der hat sicher was anderes zu tun. Außerdem darf er doch nicht über seine Fälle reden. Wer weiß, vielleicht ist es auch gar nicht sein Fall."

„Oh, schade. Ja, du hast recht. Aber ich hätte so gerne gewusst, was den beiden zugestoßen ist."

„Soll ich zu dir kommen, damit du nicht alleine bist?"

„Du hast ja auch so viel zu tun. Die Kinder und die Hunde. Da will ich dir nicht auch noch auf die Nerven fallen."

„Nein, Mama, das tust du nicht. Wenn du mich brauchst, dann komm ich mit Jessica, Marco, der kleinen Luna und Lotti zu dir. Da hast du dann etwas Abwechslung."

„Liebes, das wäre fein. Aber nur, wenn es dir nicht allzu viel Mühe macht."

„Nein, macht es nicht. Sonst hätte ich es ja gar nicht gesagt. Also gut, dann bis später", verabschiedete sich Lena.

„Jessica? Marco?"

„Ja, was ist los?", rief Jessica aus ihrem Zimmer.

„Könnt ihr bitte zu mir kommen – BEIDE – JETZT – DANKE."

„Mama, was ist denn los?", fragte Marco genervt.

„Wir fahren zu Oma Sophie. Luna und Lotti nehmen wir auch mit."

„Und warum? Ich mag nicht. Das Spiel ist grad so spannend."

„Marco, bitte. Oma braucht uns."

„Was ist mit Oma Sophie? Ist sie krank? Geht's ihr nicht gut? Ist was passiert?", fragte Jessica ihrer Mutter ein Loch in den Bauch.

„Gute Freunde von ihr sind gestorben. Sie braucht uns jetzt wirklich."

„Okay, bin gleich wieder da", rief Jessica und lief in ihr Zimmer. Mit einem kleinen Geschenk, welches sie selbst gebastelt hatte, kam sie wieder und zog sich Schuhe und Jacke an. Dann holte sie Luna, die auf der Couch friedlich schlief, band ihr die Leine um und rief: „Fertig!"

Auch Marco holte rasch sein Handy aus dem Zimmer, band Lotti die Leine um und zog sich ebenfalls Schuhe an. „Auch fertig!"

„Danke, Kinder. Ihr seid wirklich lieb. Lasst uns gehen."

Während der Autofahrt versuchten die beiden, mehr Informationen aus der Mama herauszuquetschen. Doch Lena wusste auch nicht wirklich viel mehr als das, was sie den zweien eh schon erzählt hatte.

Bei Oma Sophie angekommen, drückte Jessica ihre Oma ganz fest, gab ihr das Geschenk und setzte sich mit Marco auf die Couch. Luna und Lotti sprangen vor Freude im Zimmer herum und wedelten mit ihren Schwänzchen. Selbstverständlich liefen sie auch immer wieder in die Küche, wobei sie darauf warteten, von der Oma ein paar Leckerlis zu bekommen. Diese ging natürlich mit und gab ihnen welche. Dann ging Oma Sophie zurück ins Wohnzimmer.

„Danke, dass ihr da seid. Ich kann das noch immer nicht verstehen.“

„Oma, was ist denn passiert?“, fragte Jessica.

„Freunde von mir sind gestorben.“

„Arme Oma. Waren es gute Freunde?“, rief ihr Marco von der Couch aus zu.

„Ja. Euer Opa kannte die zwei schon sehr lange. Es waren wirklich liebe Menschen. Wenn ich nur wüsste, was passiert ist!“

„Mama, wir kennen doch den einen Herrn Polizisten. Kannst du den nicht fragen?“, meinte Marco.

„Ruf ihn doch an. Du hast doch seine Nummer. B i t t e, Mama!“

„Ach Marco. Das ist nicht so einfach. Ich kann den Herrn Kommissar nicht einfach so anrufen. Das geht nicht.“

„Schade. Aber wir können wieder auf die Polizei gehen. So wie das letzte Mal, wo du deine Freundin gesucht hast. Da hat uns die Polizei doch auch geholfen?“

„Nein, Marco. In dem Fall ist das etwas anderes.“

Marco stöhnte verzweifelt. Niemand wollte das tun, was er sagte.

Er verdrehte die Augen, schnaufte und sagte schließlich: „Na gut. Dann geh ich alleine hin!“

„Das wirst du nicht machen“, sagte Lena streng.

„Kommt, streitet euch nicht. Erzählt mir etwas über eure Luna und Lotti. Die sind beide so süß. So richtig zum Kuscheln. Sind sie auch brav?“, fragte Oma, um das Thema zu wechseln.

Es funktionierte.

Die Kinder erzählten Oma Sophie alles über die Schule und die Hunde. Marco sprach ganz stolz, was er ihnen schon alles beigebracht hatte. Dann musste er seiner Oma natürlich auch alles zeigen. Jessica saß auf dem Schoß der Oma und drückte sich ganz fest an sie. Sie wusste, wie sehr sie das liebte. Worte waren gar nicht notwendig. Eine ordentliche Portion Kuscheleinheiten mit Oma, und alles war wieder gut.

Lena machte sich große Sorgen um ihre Mutter. Immer wieder sah sie, wie diese verzweifelt schluchzte und ihr Tränen über ihre Wangen kullerten.

„Wie kann ich dir nur helfen? Mir tut das weh, dich so traurig zu sehen.“

„Ist schon gut, Lena. Da muss ich durch. Es hat schon geholfen, dass du mit den Kindern hergekommen bist", sagte Oma Sophie.

„Und mit Luna und Lotti", rief Marco.

„Ja, genau.“

Lena und die Kinder blieben, solange es möglich war. Doch irgendwann mussten sie mit den Wauzis Gassi gehen. Das nützten sie aus, um nach Hause zu fahren. Schließlich mussten sie alle ins Bett. Am nächsten Tag war Schule und Lena musste in die Arbeit.

Oma Sophie war dankbar über die Abwechslung und Ablenkung durch die Kinder und die Hunde.

Und doch blieb sie am Ende wieder mit ihren Sorgen und Ängsten alleine zurück. Sie hoffte nur, dass sie bald erfahren würde, was mit Florian und Sarah geschehen war.

Kapitel 8

Endlich Samstag. Obwohl im aktuellen Fall viel zu tun war, nahm sich das Team am Wochenende eine Auszeit. Nachdem Sie sowieso noch auf die diversen Befunde der Spurensicherung und der Gerichtsmedizin warten mussten, nahmen sie sich Zeit, um ihre Köpfe wieder freizubekommen. Ohne die notwendigen Berichte kamen sie im Moment nicht weiter. Herbert und Nicole nutzten die Zeit, um eine kleine Einstandsfeier zu geben.

Diese war schon längst überfällig. Die Wohnung war aber nicht groß genug, um das ganze Team mit den jeweiligen Partnerinnen einzuladen. Denn diese bestand nur aus einem Wohnzimmer, einem Schlafzimmer, einer Küche, einem Abstellraum, Klo und Bad. Gerade mal 60 m².

Also begannen sie mit der Einladung von Roman und Yvonne.

Nachdem Roman Herberts rechte Hand und mittlerweile auch sein bester Freund war, kamen die beiden als Erste dran.

Nicole zauberte ein wunderbares Abendessen.

Hühnerpastete als Vorspeise, Grießnockerlsuppe im Anschluss, danach Tafelspitz mit Spinat, Röstkartoffel und Apfelkren, als Nachspeise eine Esterhazy-Torte, und wer noch Platz hatte, konnte sich an verschiedenen Käsesorten erfreuen.

„Ein großes Lob an die wunderbare Köchin. Nicole, du bist der pure Wahnsinn", sagte Roman.

„Danke dir. Es freut mich, wenn es euch geschmeckt hat."

„Schatz, dein Essen ist immer wunderbar. Du bist wunderbar. Aber das weißt du doch auch", meinte Herbert.

„Nicole, das war wirklich fantastisch. Ich kann mich dem Lob nur anschließen", sagte auch Yvonne.

„Danke, danke. Ihr macht mich ganz verlegen."

„Nicht doch, meine Liebe. Wir meinen das ernst", sagte Herbert und gab ihr einen dicken Kuss auf die Wange.

Er stand auf und begann das Geschirr abzuräumen. Sofort stand auch Roman auf und half mit.

Als Nicole und Yvonne sich ebenfalls erheben wollten, rief Herbert: „Stopp! Ihr beiden bleibt sitzen. Die Herren der Schöpfung schaffen das schon."

Also blieben sie sitzen und schauten sich schmunzelnd und achselzuckend an.

„Na, da bin ich mal gespannt, ob die Herren der Schöpfung das wirklich hinkriegen. Wahrscheinlich wollen sie nur in Ruhe über den

Fall sprechen. Und uns erzählen sie wieder einmal nichts darüber", meinte Nicole gespielt beleidigt.

„Da hast du wahrscheinlich recht. Aber ich muss dir unbedingt etwas sagen. Nicole, ich freu mich so für euch, dass ihr euch gefunden habt. Jetzt wohnt ihr zusammen, und das ist wunderbar. Ich kenne Herbert schon länger. Aber so glücklich wie mit dir hab ich ihn noch nie gesehen. Und das macht mich ebenfalls glücklich. Ich freu mich sehr für euch zwei", meinte Yvonne.

Und diese Worten kamen aus tiefstem Herzen.

„Danke, Yvonne. Du hast vollkommen recht. Ich liebe Herbert mehr, als ich dir sagen kann. Ja, wir sind tatsächlich sehr glücklich. Aber du und Roman seid auch ein sehr glückliches Paar. Das sieht man euch auch an", sagte Nicole strahlend.

„Das sind wir. Mehr als ich dir im Moment sagen kann."

„Na ihr zwei? Richtet ihr uns aus?", meinte Roman, als er und Herbert aus der Küche zurückkamen.

„Sicher, Schatz. Sonst gibt's ja kein anderes Gesprächsthema", sagte Yvonne grinsend.

„Haben die Herren der Schöpfung alles geschafft?", fragte Nicole belustigt.

„Na, sicher doch. Wir sind doch richtige Männer. Und die schaffen das mit Links", sagte Herbert lachend.

„Richtig. Wir sind richtige Männer. Aber jetzt ein Themenwechsel. Hast du es schon erzählt?", fragte Roman Yvonne.

„Was erzählt?", wollte Herbert wissen.

„Nein, hab ich nicht. Ich hab auf dich gewartet."

„Gut, dann will ich euch beiden die tollsten Neuigkeiten der Welt erzählen."

Roman machte eine kurze dramaturgische Pause.

Alle starrten ihn gespannt an.

„Wir bekommen ein Baby."

„Super, Kumpel. Seit wann wisst ihr es?", wollte Herbert wissen.

„Seit zwei Wochen."

„Und das erzählst du mir erst jetzt?", fragte Herbert gespielt entsetzt.

„Wir wollten eine gute Gelegenheit abwarten, um es euch gemeinsam zu erzählen. Hättet ihr uns nicht eingeladen, wären wir es gewesen."

Nicole und Herbert freuten sich sehr über diese guten Nachrichten.

Herbert nahm Yvonne in die Arme, drückte sie an sich und gab ihr ein Küsschen auf die Stirn. Dann gratulierte er auch Roman. Ihn nahm er nicht in die Arme. Er bekam auch keinen Kuss. Er klopfte ihm nur sehr stolz auf die Schulter.

Nicole hingegen nahm beide in die Arme. Sie drückte sie und busselte beide ab, vor lauter Freude.

Nach gefühlten hundert Stunden der Glückwünsche und Umarmungen, setzten sie sich wieder an den Tisch und stießen mit je einem Glas Sekt und einem Glas Orangensaft für Yvonne, an. Dann kamen sie sofort wieder auf das Thema „Leichen" und „Simon".

Auch Yvonne fand den Anrufer bei der Radiosendung komisch. Zuerst dachte sie gar nicht darüber nach. Doch nachdem ihr Roman von den Leichen und den zuvor eingegangenen Notrufen erzählte, war ihr klar, dass es tatsächlich dieser eigenartige Simon war.

„Warum denkst du das?", fragte Herbert.

„Der muss verrückt sein. Er meldet sich beim Notruf und dann auch noch bei dir in der Sendung. Das ist doch verrückt?", meinte Yvonne.

„Ja, da hast du Recht. Aber trotzdem. Wer sagt, dass es derselbe Typ ist?", fragte Herbert erneut nach.

„Das kann ich dir nicht sagen. Einfach so ein Gefühl."

„Siehst du, Herbert. Das hab ich auch gesagt", meinte Nicole.

„Ich kann es beim besten Willen nicht sagen. Der Kerl ist auf jeden Fall eigenartig", sagte Roman.

„Freunde, bitte. Schluss damit. Wir wollten uns einen schönen Abend machen. Zuerst die guten Neuigkeiten von Roman und Yvonne, jetzt wieder der Fall. Bitte lasst uns einfach den Abend genießen", sagte Herbert fast flehend.

„Gut, Schatz. Ich versteh dich ja. Aber du weißt, wie neugierig ich bin", sagte Nicole entschuldigend.

„Ich weiß es. Bitte, lasst uns trotzdem das Thema wechseln."

„Genau. Ab Montag müssen wir uns sowieso wieder damit beschäftigen. Lasst uns etwas spielen. Würfelpoker? Oder Monopoly?", warf Roman ein.

„Super Idee. Ich hol ein paar Spiele", sagte Nicole, während sie zum Kasten ging und einige Spiele rausholte.

Sie spielten Monopoly bis drei Uhr Früh und hatten noch jede Menge Spaß.

Roman und Yvonne fuhren dann nach Hause. Herbert und Nicole räumten noch schnell das restliche Geschirr in die Küche.

Rasch wurde alles im Geschirrspüler verstaut und dieser eingeschalten. Der Esstisch wurde abgewischt und im Anschluss verschwanden auch die beiden im Schlafzimmer. Sie drückten sich ganz fest aneinander, küssten sich leidenschaftlich und liebten sich.

Am Sonntag konnten sie endlich ausschlafen. Dies taten sie auch. Erst gegen 10 Uhr morgens kraxelten sie aus ihren Betten, gingen unter die Dusche und dann machten sie gemeinsam das Frühstück. Während Nicole den Kaffee kochte, die Eier in den Eierkocher gab und die Semmeln ins Backrohr schob, deckte Herbert den Tisch. Er stellte Teller, Besteck, Gläser, Butter, Marmelade, Schinken, Käse, Salz und Pfeffer auf den Tisch. Dann holte er noch die Milch und den Orangensaft aus dem Kühlschrank und stellte diese ebenfalls dazu. Mittlerweile waren auch die Semmeln aufgebacken, die Eier und der Kaffee fertig. Nicole legte die Semmeln in ein Brotkörbchen und stellte alles auf den Tisch. Sie setzten sich und genossen einfach das gemeinsame, ausgedehnte Frühstück an diesem herrlichen, freien Tag.

Es war ein viel zu schöner Tag, um zu Hause herumzusitzen. Also beschlossen Sie nach dem Frühstück in den Lainzer Tiergarten zu fahren, um dort spazieren zu gehen.

Genau das taten sie dann auch.

Sie spazierten und schlenderten durch den Tiergarten. Machten gelegentlich Pause, indem sie sich auf eine Bank setzten und sich dann einfach nur aneinander lehnten und die Natur, die gute Luft und das Leben genossen.

„Was für ein herrlicher Tag", sagte Nicole.

„Oh ja. Einfach traumhaft", antwortete Herbert.

Sie sprachen nicht viel, sondern genossen einfach die gemeinsame Zeit.

Bevor sie nach dem langen Ausflug wieder nach Hause fuhren, gingen sie noch in einem netten Restaurant Abendessen.

„Danke, Herbert, für diesen wunderschönen Tag."

„Ich hab zu danken. Der heutige Tag war wirklich wunderbar. Aber du weißt, jeder Tag mit dir ist wunderbar."

„Du bist so ein Charmeur."

„Nein, das ist die Wahrheit."

„Das weiß ich doch. Ich genieße doch auch jede Minute mit dir. Ich hab dich sehr lieb, Herbert."

„Ich dich auch. Komm, lass uns nach Hause fahren. Mir ist da nämlich noch etwas eingefallen, was wir noch tun könnten."

„Ach so, was denn?"

„Lass dich überraschen", sagte Herbert und zog verschmitzt eine Augenbraue hoch.

Kapitel 9

„Guten Morgen, Herr Markus. Haben Sie einen Tisch für zwei für mich und meine neue Freundin?", fragte Gerald, als er das Kaffeehaus betrat und den Kellner sah.

„Guten Morgen, Herr Gerald. Schön, Sie wieder einmal zu sehen. Sie waren schon sehr lange nicht mehr bei uns. Ich hab schon befürchtet, Sie wären krank. Dort drüben hab ich einen schönen Tisch. Wollen Sie frühstücken?", sagte Markus in seiner üblichen freundlichen und zuvorkommenden Art.

„Ja, der Tisch ist in Ordnung. Und ja, Frühstück wäre super. Für uns beide. Und nein, ich war nicht krank. Bei mir ist wie immer alles in Ordnung. Meine Freundin hat mich nur sehr auf Trapp gehalten."

„Ah, ich verstehe. Ich bring Ihnen sofort die Frühstückskarte. Bin gleich zurück. Nehmen Sie bitte in der Zwischenzeit Platz."

Gerald und Andrea setzten sich.

Herr Markus kam mit der Karte, welche er den beiden reichte.

„Suchen Sie sich ein gutes Frühstück aus. Ich bin in ein paar Minuten wieder zurück."

Herr Markus ging wieder zurück in die Küche. Herr Anton fragte: „Warum verdrehst du so die Augen? Den Typen kennen wir doch.

„Das ist so ein Angeber. Immer eine neue Freundin. Der ekelt mich echt an."

„Ach, mach dir nicht ins Hemd. Der ist reich und gibt super Trinkgeld. Vergiss das nicht. Oder bist du eifersüchtig?"

„Ich, eifersüchtig? Auf den Typen? Nein, sicher nicht. Und ja, du hast recht mit dem Trinkgeld. Aber trotzdem. War ruhiger die letzten Wochen, wo er nicht da war."

„Beruhig dich."

„Mach ich. Danke", antwortete Herr Markus und schaute wieder zu seinen Gästen. Er wartete auf das Zeichen, dass die beiden ein Frühstück ausgewählt haben.

„Andrea, was hättest du denn gerne?", fragte Gerald.

„Ein ganz einfaches Frühstück. Caffè Latte, Orangensaft, zwei Semmeln, Butter und Marmelade. Das genügt mir. Aber musst du jedem erzählen, dass wir so beschäftigt sind und ich dich auf Trapp halte? Lass das doch unser kleines schmutziges Geheimnis sein. Ich glaub kaum, dass das den Kellner interessiert."

„In Ordnung, Schatz. Ich geb halt so gerne mit meiner neuen jungen Freundin an."

Gerald deutete Herrn Markus, dass sie nun wüssten, was sie gerne hätten. Dieser ging zum Tisch der beiden.

„Bitte, Herr Gerald, haben Sie schon gewählt?", fragte Herr Markus genervt, aber doch freundlich.

„Ja. Andrea hätte gerne das normale Wiener Frühstück mit Caffè Latte, Orangensaft, zwei Semmeln, Butter und Marmelade. Bitte Himbeermarmelade, wenn Sie diese haben. Und für mich, das Spezialfrühstück."

„Auch mit Caffè Latte und Orangensaft?"

„Nein, bitte eine Melange. Orangensaft ist gut. Danke, Herr Markus."

„Wird sofort gebracht, danke."

Während Herr Markus die Bestellung an die Küche weitergab, unterhielten sich Gerald und Andrea.

„Hast du das mit dem Mord in den Kammerspielen gehört?", fragte Andrea.

„Ja, schlimm ist das. Hoffentlich finden sie den Täter bald."

„Hoffentlich. Wir zwei haben doch auch Karten für Samstag in zwei Wochen", sagte Andrea etwas ängstlich.

„Denk nicht dran. Lass uns das Frühstück genießen. Schau, Herr Markus kommt schon damit."

Das Frühstück wurde serviert.

Gerald genoss seine Semmel mit Schinken, Speck, Käse und einer Eierspeise. Andrea schlemmerte die süße Frühstücks-Variante.

„Du musst keine Angst haben. Bis dahin hat die Polizei den Mörder sicher gefasst."

„Welchen Mörder?", warf Herr Markus entsetzt ein.

Er war gerade am Weg zur Küche, als er das Gespräch der beiden noch hörte.

„Na der, der die Frau in den Kammerspielen ermordet hat", sagte Andrea.

„Ja, davon hab ich auch gehört. Aber sind es nicht in der Zwischenzeit schon drei Tote?", sagte Herr Markus.

„Was, drei? Ich hab nur von der einer Leiche gehört", sagte Gerald.

„Ich hab von dreien erfahren."

„Herr Markus, wo haben Sie das denn gehört?", fragte Andrea nach.

„Das weiß ich nicht mehr. Wird irgendein Gast von hier gewesen sein. Ist ja auch egal. Genießen Sie Ihr Frühstück. Wenn Sie noch etwas wollen, rufen Sie mich", erwiderte Herr Markus und ging weiter zu einem anderen Tisch, an dem ein älteres Ehepaar saß.

„Komisch, Gerald. Wieso denn schon drei?"

„Liebling, ich weiß es nicht."

„Aber wer hat das von weiteren zweien erzählt?"

„Du hast doch Herrn Markus gehört. Ein Gast hat ihm das erzählt."

„Und woher weiß der Gast das?"

„Andrea, bitte, lass uns in Ruhe frühstücken."

„Aber ich will unbedingt wissen, woher der Gast das weiß. Schau hier im Internet ist nichts dazu zu finden?"

Andrea hielt ihm das Handy vor die Nase.

„Wenn du nicht sofort damit aufhörst, stehe ich auf und lass dich hier alleine zurück. Kann man nicht einmal mehr in Ruhe frühstücken?"

„Stell dich nicht so an. Hier stimmt etwas nicht. Drei Tote und die Wiener Bevölkerung weiß nichts davon. Da steckt doch sicher mehr dahinter?"

„Schluss jetzt."

Gerald stand auf, ohne fertig gefrühstückt zu haben und ging Herrn Markus entgegen.

„Ich will bitte zahlen."

„Aber Sie haben doch nicht einmal richtig zu Essen begonnen? Stimmt mit dem Frühstück etwas nicht?"

„Ja, meine Freundin. Sie können sie haben. Mir reichts."

Gerald zahlte und verließ zornig das Lokal und Andrea blieb tatsächlich zurück. Sie ließ sich aber von seinen Spinnereien weder provozieren noch verärgern. Seelenruhig saß sie da und genoss ihr Frühstück. Dann bediente sie sich auch noch am Essen von Gerald.

„Entschuldigen Sie, aber stimmt mit dem Essen etwas nicht?", fragte Herr Markus, der entsetzt auf sie zukam.

„Nein, keine Sorge, alles bestens in Ordnung. Gerald wollte einfach nicht mit mir über die drei Toten sprechen."

„Was hat denn das mit dem Frühstück zu tun?"

„Nichts, sag ich doch."

Herr Markus verließ kopfschüttelnd den Tisch und ging zurück in die Küche. Irgendwie verstand er grad die Welt nicht mehr.

Aber in dem Beruf hat er schon lange gelernt, sich über gar nichts zu wundern, was die Gäste so von sich gaben.

Kapitel 10

„Mittlerweile sind zwei Wochen vergangen. Ich hoffe, es gibt endlich etwas Neues von der Gerichtsmedizin und Spurensicherung. Habt ihr irgendwelche Informationen bekommen? Zeugen? Irgendwas?", fragte Schichta, als er am Morgen eine weitere Besprechung einberufen hatte.

„Ja, das technische Labor hat mir die Auswertung der beiden eingehenden Notrufe geschickt", sagte Valentin. „Die Stimmanalyse ergab eindeutig, dass es derselbe Typ war."

„Gibt es sonst noch etwas zu diesem Kerl? Vielleicht seinen Namen?"

„Leider nicht. Er benützte beide Male ein Prepaid-Handy. Es ist nicht identifizierbar und eine Ortung ist nicht möglich. Wir haben noch immer keine Ahnung, wer dieser Verrückte ist."

„Schade. Sind wir uns sicher, dass dieser Mann unser Täter ist? Wenn nicht, woher weiß er von den Tatorten und den Leichen? Fragen über Fragen", meinte Schichta.

„Ich hab noch immer nicht die Auswertung der Fotos und Videos erhalten. Die ganzen Bilder, ohne jegliche Beschreibungen helfen uns bezüglich irgendwelcher Zeugen oder des Mörders überhaupt nicht weiter", sagte Rainer.

„Der Techniker hat mir aber versichert, dass ich diese in den nächsten Tagen erhalten werde.“

„Gut, vielleicht finden wir dann etwas. Hat sich ein Zeuge gemeldet?“

„Bis jetzt nicht. Aber wir haben erst gestern Abend eine Suche in den sozialen Medien gestartet, nachdem die Pressekonferenz am Nachmittag zu Ende war. Also sollten wir auch hier noch etwas Geduld haben“, meldete sich Roman zu Wort.

„Geduld – genau die habe ich nicht. Das wisst ihr doch genau. Ich hasse es, wenn ich nicht weitermachen kann, weil ich auf Berichte oder Infos warten muss“, raunte Schichta zornig.

„Dann müssen wir die Sache anders angehen. Geht noch einmal alle Infos von Beginn an durch. So, als hätten wir gerade erst die Fälle reinbekommen. Fangt einfach noch einmal von vorne an. Vielleicht haben wir etwas übersehen. Ich verschwinde jetzt wieder in meinem Büro und werde ein paar Anrufe tätigen.“

Schichta zog sich zurück, um seine Gedanken zu ordnen. Mit dem Blick immer auf die beiden Tafeln gerichtet. Mittlerweile hatte er auch die Fotos von Florian und Sarah Sommer an die Tafel gepinnt. Darunter die Namen und die Adresse. Zusätzlich die Bilder vom Tatort.

Schichta schüttelte den Kopf und sagte zu sich selbst: „Es sind schreckliche Tatorte. Was will uns der Kerl nur damit sagen?“

Kurzerhand nahm er den Hörer seines Telefons und wählte die Nummer des Leiters der Spurensicherung.

„Hallo, hier Schichta. Haben Sie schon die Analyse von dem Glitzerdings?"

„Nein, das Labor hat mir noch nichts geschickt. Ich kann Ihnen da auch nicht helfen. Aber wie gesagt, ich muss die Laborergebnisse abwarten."

„Wie lange wird das noch dauern? Ich brauch die Ergebnisse wirklich schnell", fragte Schichta, mittlerweile schon sehr gereizt, nach.

„Ich bin überzeugt, dass Sie bis Ende dieser Woche alle Berichte auf Ihrem Tisch haben werden. Sowohl von der Toten in den Kammerspielen als auch die des Ehepaares."

„Danke. Ich warte schon sehr ungeduldig darauf. Ohne diese Berichte komm ich im Moment nicht weiter. Entschuldigen Sie bitte meine Ungeduld. Aber ich fürchte, dass eine weitere Leiche auf uns zukommen wird, wenn wir nicht bald etwas Handfestes haben."

Schichta bedankte sich und entschuldigte sich ein weiteres Mal. Er verabschiedete sich und legte auf.

Ein weiteres Detail kam auf die Pinnwand: „Glitzerdings nicht zuordenbar"

Während Schichta wie gebannt auf die Tafeln starrte und nach dem einen bestimmten Puzzleteil in den Bildern suchte, läutete sein Telefon.

Genervt von der Unterbrechung nahm er trotzdem ab.

„Schichta?", meldete er sich strenger als üblich.

„Guten Abend, Herr Kommissar", meldete sich eine männliche Stimme.

Schichta wurde hellhörig. Diese Stimme kam ihm irgendwie bekannt vor. Konnte diese aber nicht zuordnen.

„Bitte, wie kann ich Ihnen helfen?"

„Aber Herr Kommissar, Sie wissen doch, dass Sie mir nicht helfen können."

„Mit wem hab ich denn das Vergnügen?"

Schichta lief es eiskalt den Rücken runter. Es war eindeutig die Stimme des Typen, der den Notruf gewählt hatte. Diese erkannte er mittlerweile im Schlaf, da er sich die Aufnahmen bereits x-mal angehört hatte.

„Warum fragen Sie mich das? Sie wissen doch, dass ich Ihnen darauf keine Antwort geben werde."

„Okay. Dann spielen wir nach Ihren Regeln. Was wollen Sie mir erzählen?"

„Ich hab da wieder ein Geschenk für Sie."

„Haben Sie das?"

„Ja."

„Bringen Sie es mir?"

„Hahaha – das würde Ihnen gefallen? Nein, werter Herr Kommissar. Sie dürfen wieder in die Kammerspiele fahren. Dort liegt es für Sie bereit."

„Und wo in den Kammerspielen?"

„Diesmal müssen Sie selbst suchen."

„Aber …"

Weiter kam Schichta nicht. Die Leitung war bereits wieder tot.

Schichta bemerkte, wie auf einmal sein Kopf rot und heiß wurde. Der Blutdruck schoss in die Höhe, und sein Gehör wurde plötzlich ganz dumpf. Dann verkrampfte sich sein Magen und die Hände ballten sich automatisch zu Fäusten. Als er dann auch noch spürte, wie sich seine Nackenhaare aufstellten, atmete er ganz bewusst tief ein und wieder aus.

„Ich muss zur Ruhe kommen und dann weitermachen. Der Typ macht mich noch ganz krank. Das darf ich nicht zulassen!", schrie er sich selbst regelrecht an.

Nach einer gefühlten Ewigkeit – es waren aber höchstens zwei Minuten vergangen – rief er:

„Roman, Philipp – schnell, kommt mit!", während er im Laufschritt bereits Richtung Ausgang rannte.

Kapitel 11

„Irgendetwas muss passiert sein. Die drei rannten fast um ihr Leben", sagte Valentin, als sich das Team plötzlich am Gang wiederfand.

Das Geschrei war auch für die anderen nicht zu überhören.

„Ich weiß es auch nicht. Hab nur Herberts Gebrüll gehört", meinte Gabriel.

Die Polizisten starrten sich ungläubig an.

Währenddessen fuhr Schichta wie ein Wahnsinniger zu den Kammerspielen.

„Jetzt sag schon, was ist hier los?", wollte Roman wissen.

„Der Verrückte hat mich soeben angerufen. Es gibt eine weitere Leiche. Wieder in den Kammerspielen."

Sofort nahm Philipp sein Handy in die Hand und rief Verstärkung. Die Gerichtsmediziner und die Spurensicherung mussten dringend sofort auch wieder dorthin kommen. Zusätzliche Polizisten waren auch notwendig. Die Straße musste abgesperrt werden und auch das Theater.

„Ich kann es nicht fassen. Der Typ hat mich direkt am Festnetz angerufen."

„Aber woher weißt du, dass es unser Kerl ist?"

„Ich hab ihn an seiner Stimme erkannt. Zuerst nicht. Aber ich wusste, dass ich diese Stimme kannte. Dann fiel es mir ein. Es war eindeutig der Typ, der die beiden Notrufe abgesetzt hatte. Ich hab die Bänder unzählige Male angehört. Diese präpotente, aber doch extrem ruhige Stimme würde ich überall erkennen."

„Der ist echt unverschämt. Jetzt ruft er dich sogar persönlich an. Ich pack's grad gar nicht mehr. Der Typ ist echt wahnsinnig", meinte Roman.

„Das kannst du laut sagen. Wir haben es eindeutig mit einem frechen, unverschämten, arroganten Wahnsinnigen zu tun."

Bei den Kammerspielen angekommen, stellte er das Auto wieder direkt vor dem Eingang ab und lief mit seinen Kollegen hinein. Zuerst suchten sie wieder die WC-Anlage auf. Doch dort war diesmal keine Leiche. Jetzt mussten sie das komplette Theater durchsuchen. Der oder die Tote konnte überall sein.

„Hallo, hier ist die Polizei. Ist hier jemand?", rief einer der Polizisten, der soeben das Theater betrat.

„Ja, wir sind hier", meldete sich Schichta, während er, seinen Ausweis zeigend, auf den Polizisten zuging.

„Guten Tag, Herr Kommissar. Wir sind jetzt bereit. Die Straße wurde abgesperrt und vor dem Eingang stehen auch zwei Wachen. Wie kann ich Ihnen behilflich sein?"

„Wir müssen eine Leiche finden. Wir wissen leider nicht, wo sie sich befindet. Schicken Sie bitte noch ein paar Kollegen rein, damit sie uns bei der Suche helfen. Wir sollten uns beeilen. Vielleicht lebt die Person noch."

Rasch waren an die 20 Polizisten in der Aula des Theaters. Schichta teilte ein, wer wo suchen sollte. Ein Teil ging in den oberen Stock. Ein anderer durchsuchte den Garderobenbereich und die übrigen WC-Anlagen. Und so weiter. Alle waren auf der Suche nach einem Leichnam. Roman und Philipp suchten in den Sitzreihen, während Schichta im Parterre Richtung Bühne ging.

„Hierher! Rasch! Ich hab ihn gefunden!", rief ein Polizist vom oberen Rang aus Schichta zu und deutete direkt auf die Bühne.

Alle liefen los.

Schichta, bei der Bühne angelangt, sah die Leiche nun auch.

Auf dem Boden lag ein toter alter Mann.

„Lebt er noch?", rief ihm ein Polizist zu.

„Nein – er ist eindeutig tot. Holt die Spurensicherung und die Gerichtsmediziner her. Keiner kommt näher, als ich es bin", rief Schichta seinen Leuten zu.

Er selbst stand auf den Treppen, die zur Bühne führten. Selbst von hier aus konnte er den gespaltenen Schädel sehen.

Es war ein schrecklicher Anblick.

Schichta nahm sofort sein Notizbuch aus der Hemdtasche und begann zu schreiben.

„Eine weitere Leiche. Diesmal männlich und sicher über 70 Jahre alt. Wieder konnte man den aufgesägten Schädel sehen und neben ihm lag Erbrochenes", murmelte er vor sich hin.

„Was liegt dort links neben der Leiche?", fragte er den Gerichtsmediziner, der soeben angekommen war und bereits den Toten begutachtete.

„Es scheint die Tatwaffe zu sein", sagte Doktor Schreiberling.

„Woher wissen Sie das? Ich dachte, der Mörder benützt eine Säge."

„Herr Kommissar. Es ist ein blutverschmiertes Messer. Vielleicht hat der Täter damit die Vorarbeit geleistet."

„Das muss ich mir selbst anschauen. Darf ich schon raufkommen?", fragte er die Leute von der Spurensicherung.

„Ja, wenn Sie hier seitlich vorbeigehen, kann nichts passieren. Trotzdem vorsichtig sein, bitte."

Schichta ging sofort näher an den Toten heran. Das Messer lag neben der Leiche und war komplett mit Blut besudelt. Es sah fast wie ein normales Küchenmesser aus. Ähnlich einem Brotmesser mit gewellter Klinge, aber vorne spitz zusammenlaufend. Auch die Größe, etwa 40 cm lang, würde dazu passen. Doch dieses hier war ganz sicher nicht die Tatwaffe. Schichta hatte ein Auge dafür. Das Messer sollte sie ablenken. Es wurde extra für sie hier platziert. Hätte der Täter es vergessen, würde es nicht exakt parallel zur Leiche liegen. Es wurde bewusst neben der großen Blutlacke, welche sich um den Kopf gebildet hatte, gelegt. Außerdem war es unnatürlich, dass das Messer so aussah, als hätte man es in Blut regelrecht gebadet. Kaum eine Stelle war frei. Das passiert nicht, wenn man es verwendet und nur Blutspritzer drauf sind.

„Eine Finte, ganz eindeutig. Doch was wollte uns der Täter damit sagen?", fragte er die Kollegen.

Alle schüttelten ihre Köpfe.

Niemand konnte darauf eine Antwort geben.

„Hallo, Herr Kommissar. Hätten Sie einen Augenblick Zeit für mich?", fragte der Direktor der Kammerspiele.

„Ja, ich bin in circa fünf Minuten bei Ihnen", antwortete Schichta.

Er notierte noch seine Gedanken zu dem Messer fertig, sah sich noch ein weiteres Mal um, ob er nichts vergessen hatte, und schoss noch ein paar Fotos. Danach verließ er den Bühnenbereich und ging zum Direktor.

„Bitte, Herr Kommissar, wann kann ich endlich wieder öffnen? Erst vorgestern wurden die Kammerspiele wieder für die Besucher geöffnet. Jetzt muss es erneut geschlossen werden. Das ist nicht gut. Gar nicht gut für unser Haus."

„Es tut mir sehr leid. Aber die Spurensicherung wird noch einige Tage brauchen. Ich verspreche Ihnen, dass wir uns beeilen werden."

„Danke, das wäre wirklich fein. Können Sie mir sagen, weshalb der Täter gerade dieses Theater ausgesucht hat?"

„Leider nicht. Aber ich hoffe, ich finde ihn, bevor es noch weitere Tote gibt."

Schichta verabschiedete sich von dem Direktor und ging wieder zurück zur Leiche. Er besprach noch die eine und andere Sache mit der Spurensicherung und dem Gerichtsmediziner. Dann bedankte er sich und ging Richtung Ausgang. Dort sprach ihn Roman an.

„Was soll dieser ganze Wahnsinn?"

„Roman, ich weiß es noch nicht. Aber wir werden noch drauf kommen. Es wird ein hartes Stück

Arbeit werden. Komm, lass uns zurück ins Büro fahren und geben wir dem restlichen Team die neuesten Infos weiter", sagte Herbert.

Als auch Philipp nach einigen Minuten wieder zurück war, fuhren sie los.

Kapitel 12

Schichta starrte auf seine Tafeln.

„Vier Leichen. Zwei Frauen und zwei Männer. Unterschiedliches Alter. Keinerlei Gemeinsamkeiten – zumindest haben wir noch keine gefunden. Allen vieren wurden die Köpfe aufgesägt und im Gehirn herumgestochert. Todesursache war eindeutig das Verbluten durch das Öffnen der Köpfe. Laut Spurensicherung hatten sich alle vier kurz vorher erbrochen. War das Erbrechen tatsächlich vorher oder erst durch die starken Schmerzen?", murmelte er vor sich hin, den Blick aber nicht einen Millimeter von der Tafel abgewandt.

„Bitte dringend alle in den Besprechungsraum kommen!", schickte Schichta ein Rundmail aus.

Er nahm seine bisherigen Notizen, holte sich frischen Kaffee und ging los. Am Gang traf er auf seine Kollegen.

Als jeder Platz genommen hatte, ergriff Schichta das Wort.

„Vier Tote und noch keinen Täter. Das ist nicht gut. Mir ist aufgefallen, dass alle vier Opfer sich erbrochen hatten. Weshalb? Hatten sie etwas zu sich genommen, dass ihnen schlecht wurde oder kam die Übelkeit durch die enormen Schmerzen. Hat einer von euch eine Ahnung oder Meinung dazu?"

„Der toxikologische Befund liegt leider noch immer nicht vor. Sollte aber in den nächsten Tagen fertig sein. Das wurde mir versichert", meldete sich Gabriel.

„Bekommen wir dann wenigstens gleich den Befund von allen vieren?", fragte Schichta nach.

„Das glaub ich eher nicht. Diese Sachen dauern einfach so lange. Überhaupt, wenn man nicht weiß, wonach man suchen soll."

„Hast du diese Info von Herrn Doktor Schreiberling?"

„Ja. Wenn etwas Bestimmtes gefunden wird, geht's normalerweise bei den anderen Toten schneller."

„Klar, sie wissen ja dann, wonach sie suchen müssen. Hoffen wir, dass das bald so sein wird. Habt ihr in der Zwischenzeit etwaige Gemeinsamkeiten gefunden? Zeugen oder sonst irgendwas?"

„Bis jetzt nichts Aufregendes. Ich hab mir Videos und Fotos durchgeschaut. Nichts Auffälliges. Weder von der Spurensicherung noch von den diversen Zeugen", sagte Rainer.

„Lukas, was gibt's bei dir?"

„Wie du weißt, haben wir bereits die Übereinstimmung der beiden Notrufe. Du warst dir auch sicher, dass er dich persönlich im Büro angerufen hat. Da ist mir der Typ von der Radiosendung wieder eingefallen. Mir hat das irgendwie keine Ruhe gelassen. Also wollte ich mich einfach absichern und hab um eine Aufzeichnung der Sendung gebeten. Auch das ist wieder nicht so einfach, wie man vielleicht denkt. Aber durch meinen außergewöhnlichen Charme und meine extreme Sturheit konnte ich die Dame am Telefon davon überzeugen, dass es für die Lösung mehrerer Mordfälle sehr wichtig sei. Siehe da, vor einer Stunde hat sie mir das Material geschickt. Wenn alles gut läuft, hab ich das Ergebnis in etwa ein bis zwei Stunden."

„Perfekt, danke, Lukas. Gib mir sofort Bescheid, wenn du etwas weißt. Hoffentlich war es nicht dieser Kerl."

„Klar doch."

„Hat sonst noch jemand gute Nachrichten? Vielleicht den Namen unseres vierten Opfers? Ich könnte wirklich etwas Positives gebrauchen."

Alle schüttelten ihre Köpfe.

Schichta bedankte sich bei seinem Team für die bisher geleistete Arbeit, meinte aber auch, sie sollten sich noch mehr anstrengen, um etwas Brauchbares herauszufinden.

Nach der kurzen Besprechung kehrten alle wieder zurück in ihre Büros.

Auch Schichta.

Er wusste, dass das, was er zu seinem Team gesagt hatte, auch ihn selbst betraf. Irgendwie war er nicht so ganz bei der Sache, da seine Gedanken immer wieder zu Nicole abschweiften. Täglich wurde ihm mehr bewusst, wie sehr er diese Frau liebte. Noch nie in seinem Leben war er zu solchen Gefühlen fähig gewesen. Manchmal verstand er gar nicht, was da in ihm vorging.

In seinem Büro angekommen, schloss er die Türe und nahm sein Handy in die Hand. Dann wählte er.

„Hallo, Nicole, wie geht's dir?"

„Gut, danke, und dir?", gleich nach dem ersten Klingelton nahm sie ab.

„Ich bin hin- und hergerissen. Ständig muss ich an dich denken. Komme aber auch in meinem Fall nicht weiter. Mir fehlen noch so viele Informationen. Nicole, ich liebe dich."

„Mir geht's auch so. Ich denke auch den ganzen Tag an dich. Herbert, bei deinem Fall kann ich dir leider nicht helfen. Aber ich kenne dich. Jedes Mal, wenn du so verzweifelt bist, kommt dir genau der richtige Gedanke, und schon hast du das Rätsel gelöst. Lass es einfach auf dich zukommen. Wirst schon sehen, das klappt auch diesmal wieder. Ach ja, vergiss bitte nicht – ich liebe dich auch."

„Was würde ich nur ohne dich tun?"

„Einfach weitermachen, wie vorher auch. Herbert, lass den Kopf nicht hängen. Wir sehen uns dann am Abend. Ich muss auch wieder was arbeiten. Bussi."

„Danke, Nicole. Bis später. Kuss.“

Beide beendeten gleichzeitig das Gespräch.

Ein tiefer Seufzer entwich seiner Lunge. Erleichtert stellte er sich ein weiteres Mal vor seine Tafeln, um die Berichte und Bilder zu studieren.

Dann klopfte es an seiner Türe.

„Ja, herein!“

„Wir haben endlich den Stimmenvergleich“, stürmte Lukas in Schichta's Büro.

„UND?“

„Ich hatte recht. Auch die Stimme des Anrufers beim Radio ist ident mit der der Notrufe.“

„Perfekt. Das ist einfach perfekt. Obwohl ich die ganze Zeit nicht überzeugt davon war, dass dieser Typ tatsächlich etwas damit zu tun hat. Auch die Stimme war irgendwie anders. Ich hab mich wohl geirrt. Na ja, kann vorkommen. Gut, dass du nicht lockergelassen hast. Danke, Lukas. Aber wie war doch gleich sein Name? Lass mich mal überlegen. Simon. Es war Simon.“

„Denkst du tatsächlich, dass er seinen echten Namen angegeben hat? Übrigens hatte er seine Stimme verstellt, als er beim Radio angerufen hat.“

„Ich wusste es, dass die Stimme nicht ident mit den Notrufen war. Sein Name war wahrscheinlich auch nicht Simon. Verdammt!“

„Ich brauch sofort einen Gerichtsbeschluss, damit wir die Nummern der Anrufer auswerten können. Danke, Lukas, ich kümmer mich um alles Weitere."

„Du bist meine Glücksfee – DANKE", schrieb Herbert sofort eine Nachricht an Nicole.

Ein „Zwinker-Smiley" kam zurück.

Schichta grinste von einem Ohr zum anderen, dann rief er bezüglich des Gerichtsbeschlusses an.

Kapitel 13

„Endlich zu Hause. Hallo, Nicole," rief Herbert, als er die Tür öffnete.

Nicole kam sofort auf ihn zu und gab ihm einen dicken Kuss.

„Schön, dass du schon da bist", sagte sie.

„Weißt du, du bist schon eine kleine Hexe."

„Ich, wieso?"

„Genau in dem Moment, wo du mir erklärt hast, dass alles gut gehen würde, überhaupt dann, wenn ich grad so verzweifelt bin, bekam ich tatsächlich eine gute Nachricht. Wie machst du das nur? Gib mir einen Hinweis? Bitte einen kleinen Tipp."

Er nahm Nicole in seine Arme und drehte sie liebevoll im Raum umher.

„Du bist wirklich meine Glücksfee."

„Das ist schön. Aber es war wirklich nur Zufall. Denn ich schwöre, ich hab nichts getan."

„Das kann jeder behaupten. Gut, anderes Thema. Was gibt's zu essen? Ich bin am Verhungern."

„Nur Brot, Butter, Wurst, Käse und ein paar Paprika. Ich hatte leider keine Zeit zu kochen."

„Super. Kein Problem. Ich hüpf nur schnell unter die Dusche und dann helfe ich dir beim Herrichten. Oder kommst du mit ins Bad?“

„Geh du nur unter die Dusche, ich fang inzwischen mit dem Aufdecken an.“

„Ach, wo sind die Zeiten hin, wo du diesem Angebot nicht widerstehen konntest?“

„Marsch, unter die Brause!“

Alle zwei mussten lachen.

Beide liebten dieses Geplänkel.

Herbert ging lächelnd ins Bad, und Nicole lächelnd in die Küche.

Sie war fast fertig, als Herbert aus dem Bad kam. Er half ihr bei den restlichen Vorbereitungen, und bevor er sich zum Esstisch setzte, drehte er noch das Radio auf. Denn um diese Zeit wurde immer Kuschelmusik gespielt. Und das mochten beide.

Sie aßen, plauderten, lachten gemeinsam und räumten auch den Tisch wieder gemeinsam ab. Anschließend stand Nicole in der Küche und begann den Geschirrspüler einzuräumen.

Da spürte sie plötzlich seinen Atem an ihrem Hals, als er ihr immer näher kam. Sie hatte ihn gar nicht in die Küche kommen gehört. Sie bemerkte ihn erst, als sie seinen Atem spürte. Gänsehaut überzog ihren ganzen Körper. Es wurde ihr gleichzeitig heiß und kalt. Herbert begann, leise erotische

Worte in ihr Ohr zu flüstern. Sie konnte ihn kaum verstehen, und doch wurde sie von seiner Stimme regelrecht hypnotisiert. Die Leichtigkeit, in der er sprach, war wie eine Melodie, ein echtes Aphrodisiakum. Ja, es war diese Musik gepaart mit seiner Stimme. Sie kroch regelrecht in sie hinein, und ihre Gefühle explodierten. Ihr Körper begann augenblicklich zu beben. Auf diese Reaktion hatte er gehofft.

„Funktioniert doch immer!", flüsterte er ihr letztendlich ins Ohr. Dann packte er sie und zog sie mit ins Schlafzimmer.

„Schichta?", meldete er sich völlig verschlafen.

„Entschuldigung, hab ich Sie geweckt? Hier ist Doktor Schreiberling."

„Ja, nein – ähm, kein Problem. Was kann ich mitten in der Nacht für Sie tun?"

„Tut mir leid, Sie so spät beziehungsweise so früh zu stören. Aber ich musste Ihnen das sofort berichten. Ich hab endlich das Ergebnis der toxikologischen Untersuchung des ersten Opfers."

„Ja, und, was ist es?"

„Sie wurde mit Frostschutzmittel vergiftet. Das steht absolut fest. Jetzt können wir bei den anderen Opfern denselben Test durchführen. Das wird nicht lange dauern. Ich denke übermorgen hab ich auch die restlichen Befunde."

„Frostschutzmittel? Deshalb die Übelkeit. Wer macht denn so etwas?"

„Herr Kommissar, das ist Ihr Gebiet, nicht meins."

„Ja, klar. Danke für den Anruf."

„Gerne. Den Bericht schick ich Ihnen dann, wie immer. Auf Wiederhören. Und verzeihen Sie bitte noch einmal die Störung", verabschiedete sich Doktor Schreiberling.

„Danke und auf Wiederhören."

Schichta legte auf und starrte auf sein Handy.

„Was, der ruft um drei Uhr in der Nacht an? Das hätte auch bis sechs Uhr warten können."

„Was ist denn los?", meldete sich Nicole total schlaftrunken.

„Alles gut, Schatz, schlaf weiter."

Sie kuschelten sich aneinander und schliefen sofort wieder ein.

Um sechs Uhr läutete Herberts Wecker. Er kraxelte aus seinem Bett, sprang unter die Dusche und machte dann Kaffee. Währenddessen war auch Nicole wach und richtete Marmeladebrote her.

Nachdem sie gemeinsam gefrühstückt hatten, verabschiedete sich Herbert mit einem zärtlichen Kuss.

„Was für eine heiße Nacht. Ich liebe dich, Nicole. Einen schönen guten Morgen wünsch ich dir und einen noch besseren Tag."

„Oh ja. Ich hab auch zu danken. Dir auch einen schönen Tag. Lieb dich."

Schon war er raus aus der Türe.

Nicole ging ins Bad, um sich auch für den Tag fertigzumachen. Gegen halb acht Uhr verließ auch sie die Wohnung.

Kapitel 14

„Guten Morgen, Freunde", begrüßte er sein Team überschwänglich gut gelaunt, als er das Büro betrat.

„Na du bist ja super drauf um diese Zeit. Was ist passiert? Durftest du wieder mal ran? Oder hattest du einen Durchbruch in unserem Fall?", fragte Roman neugierig und belustigte damit das gesamte Team.

„Ja und ja."

„Echt jetzt?"

„Ja. Ich hab endlich den toxikologischen Befund. Es war Frostschutzmittel."

„Und du durftest ran?", scherzte Lukas.

„Das darf ich immer!"

Großes Gelächter setzte ein.

Nach ein paar Minuten herrschte endlich wieder Ruhe.

„Frostschutzmittel. Das erklärt die Übelkeit. Aber weshalb den Schädel aufsägen? Ich versteh den Sinn dahinter nicht", fragte Gabriel nach.

„Wie kann man ins Theater gehen, wenn einem kotzübel ist?", fragte Rainer.

„Es sind immer noch viel zu viele Fragen offen. Wir wissen jetzt zumindest, was genau den Opfern passiert ist. Jetzt stellen sich noch die Fragen, weshalb, wie und vor allem von wem?", sagte Schichta.

„Was für ein Motiv sollte jemand haben, um so etwas zu tun?", wollte Philipp wissen.

„Das ergibt doch alles keinen Sinn", meinte er kopfschüttelnd.

„Na ja, für den Mörder offenbar schon. Und wir werden es herausfinden", sagte Schichta.

„Jetzt fangen wir noch einmal von vorne an. Und zwar mit den Fakten, die wir schon kennen. Also ich fasse zusammen:

1. Opfer: Romana Sagenfels, 23 Jahre, Kammerspiele

2. und 3. Opfer: Sarah und Florian Sommer, Alter noch unbekannt (ca. 55-60 Jahre), zu Hause

4. Opfer: männlich, Name unbekannt, Alter unbekannt (ca. 75 Jahre), Kammerspiele

Allen vieren wurden die Köpfe aufgesägt und im Gehirn herumgestochert.

Allen vieren war übel. Haben sich vor ihrem Tod oder während eines Todeskampfes erbrochen.

Todesursache: Frostschutzmittel, Öffnung des Schädels

Was wissen wir sonst noch?", fragte Rainer in die Runde.

„Leider noch nichts. Und das mit dem Frostschutzmittel wissen wir auch noch nicht sicher. Nur bei unserem ersten Opfer wurde es bis jetzt nachgewiesen", meinte Schichta.

„Aber die Wahrscheinlichkeit, dass es bei den anderen Opfern auch nachgewiesen wird, ist doch relativ hoch. Ich versteh einfach nicht, warum töte ich jemanden mit Frostschutzmittel und säge ihm dann auch noch den Schädel auf? Was soll das für einen Zweck haben? Die wären am Frostschutzmittel sowieso gestorben. Die Dosis war viel zu hoch", gab Valentin zu bedenken.

„Du hast recht. Das ergibt keinen Sinn. Was wir aber mit Sicherheit sagen können, ist, dass es sich ziemlich sicher um einen Einzeltäter handelt. Wahrscheinlich ist es doch der Kerl, der ständig anruft und sich wichtigmacht. Wir benötigen noch das Alter des Ehepaares, Namen und Alter des letzten Opfers und den richtigen Namen von Simon. Vielleicht finden wir dann auch noch andere Gemeinsamkeiten", ergänzte Schichta.

„Warte kurz, das Alter der beiden kann ich dir gleich sagen – Moment noch – ja jetzt hab ich's. Also: Frau Sommer war 55 Jahre und Herr Sommer

58 Jahre alt", sagte Roman, der währenddessen die Daten im Computer abfragte.

„Und der alte Mann?", wollte Lukas wissen.

„Da find ich auf die Schnelle nichts, weil wir noch keinen Namen haben. Aber ich bleib dran und geb euch Bescheid."

„Ja, Roman mach das. Ich geh wieder zurück in mein Büro und arbeite einiges durch. Außerdem werde ich ein paar Telefonate führen. Wir sehen uns dann später wieder."

Mit diesen Worten verschwand Schichta in seinem Büro. Er schloss seine Türe und stellte sich ein weiteres Mal vor seine Tafeln. Beim Ehepaar schrieb er rasch noch deren Alter dazu und dann studierte er ein Bild nach dem anderen. Las sich erneut die zugefügten Texte durch. Immer in der Hoffnung, etwas zu sehen, was ihm bis zu diesem Moment noch nicht aufgefallen war.

Immer wieder ging er alles durch. Er spürte förmlich, dass hier etwas ganz und gar nicht stimmte, doch er sah es nicht.

Noch nicht.

Die aufgesägten Schädel bereiteten ihm Unbehagen. Überhaupt fragte er sich: „Weshalb stochert dann auch noch jemand im Gehirn herum? Genügt denn das Öffnen nicht?"

Schichta kehrte den Pinnwänden den Rücken zu und setzte sich wieder an seinen Computer. Er begann, sich seine E-Mails durchzulesen. Den vorläufigen Autopsiebericht überflog er erneut, damit er sicher sein konnte, dass er nichts überlesen hatte. Dann öffnete er eine ungelesene Nachricht nach der anderen.

Zuerst erschien eine Anfrage bezüglich einer weiteren Pressekonferenz auf Grund der Morde. Schichta hatte dafür im Moment keinen Kopf.

Die nächste Mail wurde geöffnet. Werbung für Sexseiten – auch unwichtig.

Weiter ging's. Einige Sachen konnte er sofort löschen, da es sich um unwichtiges Zeug handelte, wie die Information, dass er € 10.000.000,00 gewonnen hatte. Er müsse nur € 500,00 Bearbeitungsgebühr überweisen, dann würde er das Geld erhalten. Er wunderte sich, dass es tatsächlich Menschen gab, die auf so etwas hereinfielen. Na ja, die gab es, denn er wusste, dass die Betrugsabteilung mit diesen Dingen auch genug Arbeit hatte.

Dann gab es natürlich auch noch Werbung für diverse Potenzmittel. Er musste lachen.

„Mein Potenzmittel heißt Nicole. Mehr brauch ich nicht", sagte er lachend.

Schichta erstarrte plötzlich.

„Was war das denn?"

Eine E-Mail hatte seine Aufmerksamkeit geweckt.

Er begann zu lesen.

„Betreff: Wer bin ich?

Sehr geehrter Herr Kommissar!

Mittlerweile bin ich davon überzeugt, dass ich Ihr Interesse geweckt habe. Wie geht es Ihnen damit? Bis jetzt habe ich Ihnen bereits vier Leichen geliefert. Sind Sie diesbezüglich schon etwas schlauer geworden? Ich wette, nicht. Wie kann ich Ihnen weiterhelfen? Ach ja, Sie können mich das ja nicht direkt fragen, da Sie noch immer nicht wissen, wer ich bin. Ich werde Ihnen einige Hinweise geben. Ja, die Notrufe waren von mir. Ja, der Anruf bei der Radiosendung, das war auch ich. Aber das wird nicht wirklich eine Neuigkeit für Sie sein. Das haben Sie sicher auch von selbst herausgefunden. Wie wäre es damit: Es war auch ich, der Sie in Ihrem Büro angerufen hat. Ach ja, das wissen Sie ja mittlerweile auch schon. Wie haben Ihnen die Leichen mit den geöffneten Schädel gefallen? Ich fand's super. Und ich kann Ihnen auch sagen, dass ich es genossen habe. Ich habe darin genau das gefunden, wonach ich gesucht habe. Was das war? Nein, Herr Kommissar, das müssen Sie selbst herausfinden. Kann ich Ihnen sonst noch irgendwie behilflich sein? Nein. Auch gut. Ein kleiner Tipp zum Schluss. Wenn Sie mich nicht bald finden, wird es weitere Leichen geben. Die gehen dann auf Ihr Konto. Denn für mich wäre jetzt eigentlich Schluss.

Also: Wer bin ich?

Ich wünsche Ihnen noch viel Spaß beim Rätseln.

Ihr werter Sensenmann"

Schichta konnte es nicht glauben. Jetzt gab er sich sogar schon selbst einen Spitznamen. War der Typ denn wirklich so dreist und schrieb ihm eine Mail. Sofort klickte er auf „Antworten".

„Sehr geehrter Sensenmann!

Dies ist ein Test.

Mit freundlichen Grüßen

Kriminaloberkommissar Schichta"

Er drückte auf: „Senden".

Sofort kam eine Mail zurück.

„Die Mail konnte nicht zugestellt werden, da die angegebene Adresse unbekannt ist."

„Das hab ich mir gedacht."

Schichta schickte sofort in einem Rundmail das erhaltene E-Mail an alle seine Teammitglieder weiter und bat um ein Treffen in 10 Minuten im Besprechungsraum.

Er schnappte seinen Laptop und ging bereits voraus. Dort schloss er ihn an den Beamer an und öffnete die Mail. Rasch ging er noch in die Küche, holte sich einen frischen Kaffee und kehrte wieder zurück. Kaum eine Minute später waren auch seine Kollegen alle anwesend.

„Wie ihr sehen konntet, hat mir dieser verdammte Mistkerl tatsächlich eine E-Mail geschrieben. Antworten war natürlich nicht möglich. Aber das war mir klar. Lukas und Valentin, ihr seid meine Computerspezialisten. Könnt ihr herausfinden, wo diese Mail abgeschickt wurde? Und von wem?"

„Ich werde mich bemühen. Wird sicher nicht leicht", gab Valentin zur Antwort. Lukas nickte ihm zustimmend zu.

„Bitte findet etwas für mich. Danke schon im Voraus. Ihr habt es alle gelesen. Er wird weitermachen, wenn wir ihn nicht aufhalten. Haben wir in der Zwischenzeit schon etwas über den alten Mann herausgefunden?", fragte Schichta.

Alle schüttelten ihre Köpfe.

„Wir müssen rasch weitermachen. Es wird eng für uns. Okay, alle wieder an die Arbeit. Wir brauchen Lösungen."

Er verabschiedete sich und verschwand wieder in seinem Büro.

Kaum hatte er seine Türe geschlossen, läutete sein Telefon.

„Schichta?", meldete er sich.

„Doktor Schreiberling hier. Ich wollte Ihnen nur mitteilen, dass wir das Frostschutzmittel auch in den anderen Leichen gefunden haben."

„Danke, das hab ich mir schon gedacht. Doch warum vergiftet er die Personen und sägt ihnen dann auch noch den Schädel auf? Das ergibt doch keinen Sinn?"

„Vielleicht wollte er sicher sein, dass sie auch wirklich tot sind. Aber ich weiß es nicht. Wie schon erwähnt, das ist Ihr Gebiet."

„Ich weiß. Gibt es sonst noch etwas?"

„Ja, ich hab es Ihrem Kollegen bereits geschickt. Das letzte Opfer heißt Gerald Wintermann und ist 75 Jahre."

„Danke für die Info und den Anruf."

Schichta beendete das Gespräch.

Kapitel 15

Als Lena nach ihrer Mutter schauen wollte, fand sie diese im Schlafzimmer vor. Sie saß auf der Bettkante, das Gesicht in beiden Händen vergraben und sie weinte bitterlich.

„Mama, jetzt hab ich mir echt schon Sorgen gemacht. Ich konnte dich seit Stunden telefonisch nicht erreichen. Hast du wieder auf ´Flugmodus`geschalten?"

„Ja, ich will einfach meine Ruhe haben", schluchzte sie.

„Was ist denn los?"

„Mir geht das mit den Sommers nicht aus dem Kopf. Ich hab erfahren, sie wurden ermordet."

„Aber das wusstest du doch schon."

„Nur, dass sie tot sind. Aber nicht, dass sie ermordet wurden."

„Dann hab ich das wohl falsch verstanden. Es ist wirklich schrecklich. Wer tut denn so was?"

„Ich weiß es auch nicht. Sie waren so liebe Menschen. Die haben niemandem etwas getan. Trotzdem passiert genau den netten und liebevollen Leuten so etwas. Ich kann es einfach nicht verstehen."

Oma Sophie konnte gar nicht mit dem Weinen aufhören.

„Komm mit ins Wohnzimmer. Ich mach uns Kaffee. Außerdem musst du schauen, wen ich dir mitgebracht habe."

Während Lena in die Küche ging, den Kaffeevollautomaten einschaltete und zwei Häferl bereitstellte, kam Oma Sophie langsam schlurfend aus dem Schlafzimmer.

„Oh, das ist ja eine Freude. Wolfi, wie kommst du denn hierher?"

„Ich war bei Lena, Jessica und Marco zu Besuch. Weißt du, die Mama hat wieder einmal keine Zeit für mich. Die ist nur mit ihrer Arbeit beschäftigt. Der Opa und die Oma sind auf Urlaub, und mir war langweilig. Der Papa ist auch nicht da, weil er auf Dienstreise ist. Da hab ich mir gedacht, ich ruf meine Lieblings-Cousine Lena an und frage, ob ich zu ihr darf. Und sie war so lieb und hat mich abgeholt. Während ich mit Jessy, Marco, Lotti und Luna gespielt habe, hat sie immer wieder versucht dich anzurufen. Wie sie dich dann nicht erreicht hat, sind wir alle hergefahren. Tante Sophie, ich hab dich schon lange nicht gesehen. Kann ich mit Papa wieder einmal zu dir Pizza essen kommen?"

„Das ist wirklich eine Überraschung. Hallo, Jessy, hallo, Marco. Ja, Wolfi. Der Papa soll mich anrufen, dann machen wir uns wieder was aus. Wenn es schön ist, können wir auch schwimmen gehen. Aber wo sind denn eure beiden Hunde?", begrüßte Oma Sophie alle.

„Oma, die haben wir heute zu Hause gelassen. Schau, die Mama hat am Handy eine App, da kann man den beiden zuschauen, was sie zu Hause alles anstellen", erklärte ihr Jessica.

„Na, das ist was Tolles. Was es doch alles gibt! Und was habt ihr heute schon alles gemacht?", wollte Oma wissen.

„Wir waren schwimmen und haben dann Popcorn gemacht", erklärte Wolfi seiner Tante.

„Lena, hast du den Wolfi abgeholt, oder hat ihn seine Mama gebracht?"

„Na, was glaubst du? Ich hab ihn natürlich abgeholt. Aber Wolfi hat dir das vorhin grad erzählt."

„Tut mir leid. Ich bin mit meinen Gedanken ständig weit weg. Bringst du ihn dann auch wieder nach Hause?"

„Nein. Ich hab mit seiner Mama gesprochen, und er darf heute bei uns schlafen und morgen Vormittag holt ihn eh sein Papa von uns ab. Der sollte heute in der Nacht wieder nach Hause kommen. Weißt eh, wie das mit den Flügen so ist."

„Alles klar. Also ihr drei Lauser, erzählt mir jetzt, was es Neues gibt."

Lena brachte schnell den Kaffee ins Wohnzimmer zu ihrer Mutter, nahm sich auch einen und nützte die Gelegenheit, dass die Kinder beschäftigt waren, um in Ruhe zu telefonieren. Dazu ging sie in das Schlafzimmer ihrer Mutter.

„Schichta?", meldete er sich nach dem zweiten Klingeln.

„Hallo, Herr Kommissar. Hier spricht Lena."

„Lena, Lena? Ach ja, ich weiß schon. Wie geht es Ihnen?"

„Danke, mir geht es ganz gut. Und Ihnen?"

„Ja, soweit ist auch bei mir alles in Ordnung. Kann ich Ihnen irgendwie helfen? Weshalb rufen Sie mich denn an?"

„Es tut mir sehr leid, dass ich Sie störe. Aber die besten Freunde von meiner Mama, die Sommers, sind tot. Angeblich ermordet. Haben Sie vielleicht diesen Fall übernommen?"

„Leider ja. Ist mein Fall. Wie kann ich Ihnen behilflich sein?"

„Meine Mama ist so verzweifelt. Sie versteht nicht, weshalb jemand diesen lieben Menschen etwas antun konnte. Können Sie mir vielleicht mehr darüber sagen?"

„Lena, Sie wissen, das darf ich nicht. Ich kann nur so viel sagen, dass die beiden ermordet wurden. Von wem, weiß ich selbst noch nicht."

„Ich hab's befürchtet. Aber danke trotzdem, dass Sie sich die Zeit genommen haben. Ach ja, bitte finden Sie den Bösewicht so schnell wie möglich."

„Gerne. Passen Sie weiter auf sich auf. Auf Wiederhören, Lena", beendete Schichta das Gespräch.

Lena ging zurück ins Wohnzimmer, wo Oma Sophie viel Spaß mit den Kindern hatte.

„Mama, ich hab grad den Herrn Kommissar angerufen."

„Oh, das ist aber lieb von dir, dass du es doch getan hast. Und was hat er gesagt? Was ist passiert? Wer hat das getan?"

„Er kann mir leider keine Informationen zu dem laufenden Fall geben. Er hat nur bestätigt, dass die beiden ermordet wurden und er den Fall übernommen hat. Ich hab's dir gleich gesagt, dass er nichts sagen darf."

„Danke trotzdem, dass du es wenigstens versucht hast."

Lena blieb mit den Kindern noch etwa zwei Stunden, dann fuhren sie zu den Hunden nach Hause. Alle vier gingen sie danach noch mit ihnen spazieren.

Gegen Mitternacht schickte Lena alle ins Bett.

Wolfi schlief mit den Hunden auf der Couch und wurde am nächsten Tag, nach dem Mittagessen, von seinem Papa abgeholt. Wolfi und er bedankten sich noch bei Lena, verabschiedeten sich von allen und fuhren los.

Jessy und Marco sagten fast gleichzeitig: „Es war schön und lustig, dass der Wolfi da war. Auch, dass wir gemeinsam bei Oma Sophie waren. Wir hatten viel Spaß. Mama, können wir das wieder einmal machen?"

„Ja, vielleicht. Ich werde das mit meinem Onkel besprechen", sagte Lena und legte sich entspannt auf die Couch.

„Endlich wieder etwas Ruhe. Die Mama hat sich beruhigt, die Kinder sind in ihren Zimmern, der Wolfi ist auch wieder fort, und die Hunde schlafen – RUHE – JAAAA – herrlich!", dachte sie für einen ganz kurzen Moment.

Genau in dieser Sekunde läutete ihr Telefon.

„Ja, hallo, Lena hier."

„Hallo, Lena. Hier ist Schichta. Ich hoffe, ich stör Sie nicht."

„Nein, gar nicht."

„Ich hab über Ihren gestrigen Anruf nachgedacht. Sie sagten, dass Herr und Frau Sommer gute Freunde von Ihrer Mutter waren."

„Ja, das stimmt."

„Denken Sie, Sie könnten mit Ihrer Mutter zu mir kommen. Ich hätte da nämlich einige Fragen an Sie. Sie könnte mir vielleicht bei einigen Dingen helfen. Ihrer Mutter ist es vielleicht unangenehm, wenn sie alleine zu mir kommt. Deshalb dachte ich, Sie könnten ja gemeinsam kommen. Wäre das eine Möglichkeit?"

„Sicher, ja. Aber wie könnte Ihnen meine Mutter weiterhelfen?"

„Ich bräuchte einfach nur einige Informationen zu den Sommers."

„Da müsste ich aber auch die Kinder mitnehmen. Wenn das kein Problem ist. Wann sollen wir denn bei Ihnen sein?"

„Schicken Sie mir eine SMS-Nachricht wann Sie Zeit haben. Ich werde versuchen, mich nach Ihnen zu richten."

„Gut. Ich bespreche das mit meiner Mama und melde mich dann."

„Super, danke. Dann bis später."

Beide legten auf.

„So viel zu meiner RUHE!", dachte sich Lena und rief ihre Mutter an.

Kapitel 16

Es klopfte an der Türe.

„Ja, herein?"

„Herbert, ich hab etwas herausgefunden, das ich dir unbedingt erzählen muss", sagte Valentin, der bereits redete, während er Schichta's Büro betrat.

„Was gibt es denn so Wichtiges?"

„Diese E-Mail, die du von dem Verrückten erhalten hast, bringt uns keinen Schritt weiter. Ich hab wirklich alles versucht, was nur möglich war, aber die Recherche zu der Mailadresse endete jedes Mal in einer Sackgasse. Heutzutage gibt es nämlich die Möglichkeit, Mailadressen zu erstellen, die sich nach einem einzigen Eingang oder Ausgang automatisch wieder löschen beziehungsweise deaktivieren. Und genau mit so etwas haben wir es hier zu tun. Es tut mir leid. Ich sehe keine Möglichkeit, über die Mail an den Typen ranzukommen."

„Schon okay, du kannst ja nichts dafür. Aber es ist ärgerlich. Ich hatte einen kleinen Funken Hoffnung. Aber danke für deine Bemühungen und die Info."

Schichta wandte sich wieder seinen Unterlagen zu, während Valentin das Büro verließ.

„Was es heutzutage alles gibt! Technik ist super, aber man kann's auch übertreiben. Alles für die Verbrecher, nur nicht für die Sicherheit", sagte Schichta kopfschüttelnd zu sich selbst.

Von Lena erhielt er die Info, dass sie am Nachmittag, um circa 16 Uhr kommen würden.

Bis dahin blieb ihm noch eine gute Stunde. Da konnte er seine Fragen, die er an Lenas Mutter hatte, stichwortartig zusammenschreiben und sich noch einen frischen Kaffee gönnen.

Kurz vor 16 Uhr ging er zu Roman und bat ihn, ihn zu der Besprechung zu begleiten.

Kaum im Besprechungszimmer angekommen, klopfte es auch schon.

„Guten Tag, Frau Sophie, Lena, Jessica und Marco. Bitte nehmen sie doch alle Platz", begrüßte Schichta alle und deutete auf die Sessel.

„Hallo, Herr Schichta, kennen Sie mich noch?", fragte Marco.

„Aber sicher doch, Marco. Sei lieb und setz dich dort zu deiner Schwester. Ich muss mit der Mama und der Oma etwas besprechen. Wird nicht lange dauern, ich versprechs dir", sagte Schichta.

„Macht nix. Ich hab Zeit. Du auch, Jessy?"

„Ja, ich hab auch Zeit. Jetzt lass den Herrn Kommissar mit der Oma reden. Wir spielen inzwischen was am Handy", sagte Jessica in ruhigem und leisem Ton zu ihrem Lausbuben-Bruder.

„Gut. Danke, dass Sie zu mir gekommen sind. Ich hätte da einige Fragen zu Ihren Freunden, Frau Sophie."

„Gerne. Wie kann ich Ihnen denn helfen? Ich weiß ja gar nix. Ich war's auch nicht!", sagte Oma Sophie, die plötzlich ganz unruhig wurde.

„Das weiß ich doch, dass sie damit nichts zu tun haben. Es geht um das Privatleben der Sommers. Können sie mir da vielleicht einiges erzählen? Was haben die beiden den ganzen Tag so gemacht? Hatten sie Hobbys? Eine bestimmte Tagesroutine? Ich weiß auch nicht. Erzählen Sie mir einfach, was Ihnen zu den beiden so einfällt", bat Schichta.

Während Oma Sophie zu reden begann, hatte Schichta einen Block vor sich liegen und schrieb mit.

„Na ja, was soll ich Ihnen da erzählen? Ich fang halt einfach an. Florian, also Herr Sommer, war ein Jugendfreund von meinem bereits verstorbenen Mann. Wie ich meinen Mann kennen gelernt habe, war er schon mit Sarah verheiratet. Wir haben uns mindestens einmal im Monat getroffen. Wir waren gemeinsam essen, im Kino, im Theater, na, was man halt so alles macht. Wie unsere Kinder noch klein waren, gingen wir mit ihnen in den Tiergarten oder den Prater. Manchmal sind wir einfach bei uns oder den Sommers gewesen.

Später, nachdem die Kinder bereits alle älter beziehungsweise sogar ausgezogen waren, haben wir wieder öfter nur zu viert etwas unternommen. Und wenn's nur für einen Spaziergang war. Was haben die beiden gemacht? Lassen Sie mich überlegen. Ich weiß, dass beide gerne länger geschlafen haben. Vor 9 Uhr konnte man die beiden nie erreichen. Am Vormittag waren sie entweder einkaufen oder machten sonstige Besorgungen, wenn es notwendig war. Zu Mittag haben sie meistens gemeinsam gekocht und gegessen. Nach dem Essen gingen sie immer eine Stunde spazieren. Hobbys hatten sie auch. Sie gingen gerne Golf spielen, machten mit einem Seniorenclub Tagesausfahrten und besuchten alle Ausstellungen, die es in Wien gab. Ach ja, ein oder zweimal im Monat gingen sie zu zweit in die Oper oder ins Theater. Davor waren sie immer in so einem kleinen typischen Wiener Kaffeehaus im ersten Bezirk. Das war ihre Routine. Sonst fällt mir jetzt auf die Schnelle nichts mehr ein. Ja, doch. Seit dem Tod meines Mannes haben sie mich einmal im Monat besucht oder irgendwohin mitgenommen. Fast täglich haben wir miteinander telefoniert", erzählte Oma Sophie so ausführlich, wie es ihr möglich war.

„Wow, danke. Damit kann ich schon etwas anfangen. Wissen Sie vielleicht auch den Golfclub, wo sie regelmäßig spielten?"

„Ja, ich glaub, in Ebreichsdorf. Aber manchmal auch woanders."

„Und der Seniorenclub?“

„Da bin ich auch manchmal mitgegangen, nach dem Tod meines Mannes. ´Club für Oldies ab 60` heißt der.“

„Perfekt. Wo gingen die beiden immer spazieren? Und welches Kaffeehaus war das?“

„Spazieren gingen sie immer nur bei ihnen zu Hause. Rund um den Häuserblock. Kreuz und quer. Das Kaffeehaus ist, glaub ich, in einer Nebenstraße vom Graben. Aber wie das jetzt heißt und wo genau das ist, weiß ich leider nicht. Ich war zwar auch schon dort, aber hab nie auf die Adresse oder den Namen geachtet. Lena, weißt du das vielleicht?“

„Tut mir leid, Mama. Aber ich wusste nicht einmal was von einem bestimmten Kaffeehaus.“

„Macht nichts. Das werden wir schon herausfinden“, sagte Schichta.

„Sonst fällt mir nichts mehr ein“, meinte Sophie.

„Danke, Frau Sophie, Sie haben mir wirklich sehr geholfen. Danke, dass Sie so rasch hergekommen sind“, sagte Schichta und stand auf, um sich zu verabschieden.

„Gerne. Ich hoffe, dass es Ihnen wirklich weiter geholfen hat. Bitte sperren Sie diesen bösen Menschen weg“, sagte Sophie.

„Ich werde ihn kriegen, das verspreche ich Ihnen.“

Alle standen auf und verabschiedeten sich.

Während Roman und Schichta noch einiges besprachen, verließen Lena, Sophie, Jessica und Marco das Polizeigebäude.

„Danke, Jessica und Marco. Ihr wart sehr brav. Lasst uns wieder nach Hause fahren. Verabschiedet euch auch noch von Oma", sagte Lena zu ihren Kindern.

„Danke, dass ihr mitgekommen seid", verabschiedete sich Oma Sophie von den dreien, die in eine andere Richtung nach Hause fuhren.

„Roman, ich fand das sehr nützlich. Wie siehst du das?", fragte Schichta.

„Ja, das seh ich genauso. Jetzt haben wir auf jeden Fall ein paar Anhaltspunkte. Wir werden nachforschen, ob die beiden anderen Leichen zu Lebzeiten auch an einen der Orte waren. Vielleicht haben wir Glück und finden eine oder mehrere Gemeinsamkeiten. Dann wären wir dem Täter einen großen Schritt näher."

„Das wäre super. Zuerst hab ich mich echt geärgert, dass mich Lena deswegen angerufen hatte. In jedem meiner großen Fälle spielt sie irgendeine Rolle. Doch dann kam mir die Idee, dass ihre Mutter uns vielleicht doch behilflich sein konnte. Und dem war auch so."

„Das wusste ich gar nicht, dass dich Lena angerufen hat."

„Doch gestern am späten Nachmittag. Ich wollte eigentlich schon Schluss machen und nach Hause fahren, da rief sie an. Hat mich wirklich geärgert. Ich hätte ihr damals meine Handynummer nicht geben sollen. Aber für den damaligen Fall war es wichtig. Was soll's! Na ja, den Rest kennst du ja jetzt auch. Wie machen wir weiter? Wer fährt wohin?"

„Ich fahr gleich morgen in der Früh in den Golfclub und nehme Valentin mit. Ist das für dich in Ordnung?", wollte Roman wissen.

„Klar. Rainer und Lukas lass ich den Seniorenclub ausforschen und Infos einholen. Wobei unser erstes Opfer dort sicher noch kein Mitglied war. Die ist dafür viel zu jung gewesen. Vielleicht kannte sie ihn aber über ihre Eltern. Egal, einen Versuch ist es auf jeden Fall wert. Ich werde versuchen, etwas über dieses kleine Kaffeehaus ausfindig zu machen. Dann können wir ja gemeinsam dorthin fahren."

„Ich gebe Valentin wegen morgen gleich Bescheid", sagte Roman.

„Gut, ich sag's Rainer und Lukas und werde dann noch einiges abarbeiten und mit der Suche beginnen. Ich nehme an, wir sehen uns dann morgen", sagte Schichta und marschierte in Richtung seines Büros.

Roman ging ihm nach und verschwand mit einem kurzen Kopfnicken in seinem Büro.

Kapitel 17

„Hallo, Schatz, ich bin zu Hause!", rief Schichta in die Wohnung, als er diese betrat.

Stille.

„Schatz?"

Stille.

„Wo bist du denn? Komisch", sagte er in die leere Wohnung.

Er nahm sein Handy aus der Hosentasche und wählte Nicoles Nummer.

Dann hörte er es in der Küche läuten. Sofort lief er hin, doch weit und breit war von Nicole nichts zu sehen.

Er ging ins Schlafzimmer – NICHTS.

Er ging ins Wohnzimmer – NICHTS.

Er ging auch ins Badezimmer – wieder NICHTS.

„Nicole, wo bist du Schatz?"

Sie war eindeutig nicht in der Wohnung.

Herbert bekam es augenblicklich mit der Angst zu tun.

Rasch griff er erneut nach seinem Handy und wählte die Nummer von Roman.

„Herbert, hallo. Was kann ich für dich tun?", meldete sich Roman sofort nach dem ersten Läuten.

„Nicole, ist Nicole vielleicht bei euch?", rief er verzweifelt ins Telefon.

„Nein, warum sollte sie hier sein?"

„Sie ist nicht zu Hause. Roman, ich hab solche Angst. Was, wenn ihr was passiert ist? Was, wenn der Täter sie hat und mich damit erpressen will?"

„Herbert, beruhige dich. Hast du sie schon angerufen?"

„Na klar hab ich das. Das war gleich das Erste, was ich tat. Ihr Handy liegt in der Küche. Aber sie ist nicht da."

„Ist ihre Handtasche da?"

„Ja, die steht auf ihrem Platz im Vorzimmer."

„Dann kann sie nicht weit sein."

„Ich mach mir solche Sorgen. Solche Angst hatte ich überhaupt noch nie um jemanden. Bitte hilf mir."

„Beruhige dich erst einmal, Herbert."

Genau in diesem Moment ging die Eingangstüre auf. Nicole stand ganz verwundert vor Herbert, der sie genauso verdutzt ansah.

„Hallo, schön, dass du schon zu Hause bist", sagte sie.

„Wo warst du denn?"

„Nur den Mist ausleeren, wieso?"

„Herbert, redest du bitte wieder mit mir?", rief Roman ins Telefon.

„Ja, Kumpel, sorry. Nicole ist wieder da. Tut mir leid. Alles okay", stammelte Herbert vor Verlegenheit.

„Schon gut. Dafür sind doch Freunde da. Wir sehen uns dann morgen. Ciao."

Roman legte auf.

„Schatz, was ist denn nur los mit dir? Ich war doch nur fünf Minuten weg", sagte Nicole und drückte sich ganz fest an Herbert heran.

„Ich kam heim und da war niemand. Hab dich angerufen und dein Telefon in der Küche klingeln gehört. Dann hab ich die ganze Wohnung abgesucht. Nichts von dir. Da hab ich es plötzlich mit der Angst zu tun bekommen. Ich hab's grad wieder mit einem so verrückten Fall zu tun. Sofort ist mir der Gedanke, dass dich der Täter entführt haben könnte, um mich zu erpressen, in den Sinn gekommen."

Herbert atmete tief ein und wieder aus und noch einmal tief ein und wieder aus, um etwas zur Ruhe zu kommen.

Dann drückte er Nicole ganz fest an sich, küsste sie leidenschaftlich und sagte: „Ich liebe dich so sehr. Ich könnte es mir nie verzeihen, wenn dir wegen meines Jobs etwas zustoßen würde."

Dann küsste er sie erneut.

„Herbert, es ist schon gut. Es ist nichts passiert. Ich war nur den Müll wegschmeißen. Du musst dir keine Sorgen machen. Alles ist gut. Ich liebe dich doch auch."

Nicoles Worte beruhigten ihn etwas. Aber der Schock und Schreck saßen sehr tief. Davon musste er sich erst einmal erholen.

„Oh mein Gott, das war peinlich, dass ich sofort Roman angerufen hab. Ich hab mich wie ein verängstigtes Mädchen aufgeführt. Ich bin doch ein starker Mann. Ein Polizist, den nichts umwerfen kann. Ein Mann, der jeden Bösewicht gefangen hat. Und jetzt das. So peinlich. Mein Verstand hat sofort ausgesetzt, als ich nicht wusste, wo du warst. Was wird Roman jetzt wohl von mir denken? Was musst du über mich denken? Am liebsten würde ich grad im Erdboden versinken."

Bei diesen Worten vergrub er vor Verlegenheit sein Gesicht in seinen Händen.

„Er ist dein Freund. Er wird sich gar nichts denken. Außer, dass er sich Sorgen um dich gemacht hat. Und ich würde nie etwas Schlechtes über dich denken. Du bist ein Mensch, wie wir alle auch. Menschen haben Gefühle. Aber, Herbert, es ist alles gut. Ich bin hier. Es geht mir gut. Es ist mir nichts passiert. Übrigens, hast du schon etwas gegessen?", fragte Nicole nach, um das Thema zu wechseln.

„Nein, noch nicht. Was gibt's denn?"

„Was hälst du davon, wenn wir beim Chinesen was bestellen und es uns hier gemütlich machen?", sagte sie.

„Ja, gute Idee. Ich spring noch unter die Dusche. Bestellst du schon in der Zwischenzeit? Du weißt ja, was ich gerne esse."

„Mach ich. Wasch dir den Schrecken aus deinem Gesicht. Denn dein Gesichtsausdruck macht mir gerade Angst."

„Tut mir leid."

Herbert konnte gar nicht klar denken. Er war nur froh, dass alles mit Nicole in Ordnung war.

Er ging ins Bad, zog sich aus, sah sich kurz im Spiegel an und erschrak fast über seinen eigenen Gesichtsausdruck.

„Nicole hatte Recht", sagte er zu seinem Spiegelbild. Dann drehte er die Brause auf, stellte sich darunter und ließ das Wasser über seinen Körper rinnen. Konzentriert begann er ein- und auszuatmen. Er wartete darauf, bis sich sein Puls wieder normalisierte. Dann merkte er, dass das Wasser seine bösen und ängstlichen Gedanken weggespült hatte. Er fühlte sich wieder viel ruhiger und eindeutig besser.

Nicole stand in der Zwischenzeit in der Küche und bereitete das Geschirr für das Essen vor. Sie trug es zum Esstisch und deckte diesen. Mit viel Liebe faltete sie die Servietten zu Blumen, welche sie dann auf die Teller legte. Sie stellte Gläser auf den Tisch und holte zwei Flaschen Bier aus dem Kühlschrank. Dann setzte sie sich ins Wohnzimmer und wartete einerseits auf Herbert, der hoffentlich bald aus der Dusche kam, und andererseits auf die Lieferung. Sie merkte, dass sich bereits ein gewisses Hungergefühl in ihrem Bauch bemerkbar machte.

Als Herbert aus dem Bad kam, sah er wieder aus wie er selbst. Er ging zu Nicole und entschuldigte sich für sein dummes Verhalten.

„Das musst du doch nicht. Du liebst mich eben und machst dir um mich Sorgen. Das ist doch etwas Schönes!", sagte sie zu ihm und gab ihm einen Kuss.

„Daran muss ich eindeutig noch arbeiten. Ich darf nicht gleich ausflippen, nur weil ich dich nicht erreichen kann. Das muss ich noch lernen. Ich bin doch ein erfahrener Polizist. Mich schmeißt doch eigentlich nichts aus der Bahn. Aber du hast Recht, aus Liebe tut man viel Dummes. Bitte verzeih mir."

Erneut nahm er sie in seine Arme, drückte sich ganz fest an ihren schönen, weichen, warmen Körper und küsste sie leidenschaftlich. Gerade wollte er sie schnappen und ins Schlafzimmer tragen, da läutete es an der Wohnungstür. Erschrocken fuhr er in die Höhe.

„Um Gottes willen, jetzt hat er uns doch gefunden!", schrie er laut aus.

„Schatz, das ist unsere Essenbestellung."

Nicole ging zur Wohnungstür und öffnete diese.

Vor ihr stand …

… der Lieferant.

Sie nahm das Essen entgegen, bezahlte, schloss die Türe und ging zum Tisch.

Dann rief sie: „Essen ist fertig!"

„Ich bin doch der größte Vollpfosten auf Gottes Erden. Ich glaub, ich sollte mich wirklich im Erdboden verkriechen."

Verzweifelt über sich selbst, ging er kopfschüttelnd zum Esstisch, setzte sich, öffnete die Flasche Bier und nahm erst einmal einen tiefen Schluck.

Während des Essens entschuldigte er sich noch unzählige Male bei Nicole für sein Verhalten.

Nach dem Essen machte er dort weiter, wo er vor dem Essen begonnen hatte.

Kapitel 18

„Guten Morgen, Roman", begann Schichta mit gesenktem Kopf zu reden, als er ins Büro kam.

„Guten Morgen, Herbert. Na, alles wieder okay bei dir?"

„Ja. Ich wollte mich nur noch einmal für mein Verhalten von gestern entschuldigen. Mir ist das heute noch so unendlich peinlich. Sorry, Kumpel, wird nicht mehr vorkommen."

„Herbert, es ist schon in Ordnung. Ehrlich. Vielleicht würde ich auch so reagieren und dich dann anrufen. Lass uns die Sache vergessen. Aber du sollst wissen, dass ich dein Freund bin und du kannst dich immer an mich wenden – gut?"

„Ja, gut, danke."

„Ich werde jetzt mit Valentin losfahren. Der Golfclub öffnet um 9 Uhr. Hast du schon etwas über das Kaffeehaus?"

„Nein, ich kümmer mich aber jetzt drum. Gestern hab ich noch einmal die Autopsieberichte studiert."

„Und, was Neues entdeckt?"

„Nein. Wollte nur sichergehen, dass ich nichts übersehen beziehungsweise überlesen habe. Fahrt ihr nur, ich arbeite von hier aus weiter. Und noch einmal, sorry, Kumpel."

„Alles gut, ehrlich. Dann bis später."

Roman ging zu Valentin, und sie fuhren gemeinsam nach Ebreichsdorf.

Schichta setzte sich währenddessen an seinen Computer, las zuerst die neuesten Mails durch – so wie jeden Morgen – und öffnete dann das Internet, um nach den Kaffeehäusern in der Nähe des Grabens zu suchen.

„Eindeutig zu viele", murmelte Schichta nach einigen Minuten vor sich hin.

Er begann damit die Kaffeehäuser durchzutelefonieren. Doch das brachte auch nichts. Er war überzeugt davon, dass kaum ein Lokal die Namen der Gäste kannte. Außer es waren absolute Stammgäste. Er musste eindeutig alle persönlich abklappern und dem Personal die Fotos zeigen. Was anderes blieb ihm wohl nicht übrig.

Er rief Christoph zu sich. Denn auf Roman wollte er nicht warten. Er wusste ja nicht, wann der wieder zurück sein würde.

„Bitte, Herbert, kann ich dir irgendwie weiterhelfen?", fragte Christoph als er in Schichta's Büro kam.

„Ja. Frau Sophie, eine Bekannte von den Sommers, hat mir davon erzählt, dass diese regelmäßig in ein Kaffeehaus in der Nähe vom Graben gingen. Es ist unmöglich herauszufinden, welches es war. Ich hab es schon telefonisch versucht, doch wer kennt schon die Namen seiner Gäste? Mein Vorschlag:

Hast du Lust, mit mir die Kaffeehäuser am Graben und der Umgebung abzuklappern?"

„Geht klar. Ich warte eh noch auf die Ergebnisse der sozialen Medien. Das dauert sicher noch eine Weile. Wollen wir also gleich los?"

„Passt. Lass uns meinen Dienstwagen nehmen, da können wir direkt am Graben stehen bleiben. Falls was passieren sollte, sind wir rasch wieder weg."

Gesagt, getan.

Direkt am Graben bei der Naglergasse, stellte Schichta das Dienstfahrzeug ab.

Gemeinsam mit Christoph gingen sie die größeren und kleineren Kaffeehäuser ab. Sie zeigten die Fotos her und fragten, ob vielleicht irgendjemand die Opfer kannte.

Nichts, nichts und wieder nichts.

Sie setzten sich am Graben in ein Lokal und bestellten einen Kaffee.

„Das gibt's doch nicht? Es sind nur mehr ein paar Lokale übrig. Irgendwer muss sich doch wenigstens an die Sommers erinnern können?", meinte Christoph zu Schichta.

„Ja, zum Verzweifeln. Aber wenn wir das Lokal nicht finden, dann gehen wir mit Frau Sophie einfach noch einmal her. Die wird ja wissen, wie sie dort hingekommen ist."

„Gute Idee. Aber die Hoffnung stirbt zuletzt. Vielleicht haben wir ja doch noch Glück.“

„Mal sehen. Lass uns in Ruhe unseren Kaffee austrinken und die weiteren Schritte besprechen“, sagte Schichta und nahm einen großen Schluck.

Er schnaufte durch und sah sich die Umgebung an.

„Kannst du dich erinnern, vor einigen Jahren haben wir hier den ´Schlächter` gefasst. Wahnsinn, wie die Zeit vergeht und was in der Zwischenzeit alles passiert ist.“ Schichta saß kopfschüttelnd da.

„Und du hast bei dieser Gelegenheit Nicole kennen gelernt.“

„Das war das einzig Positive an dem damaligen Fall.“

„Du solltest sehen, wie deine Augen leuchten, wenn du von ihr sprichst. Es ist schön, dich so glücklich zu sehen“, sagte Christoph mit einem Grinsen.

„Hahaha, witzig. Aber du hast Recht. Ich liebe diese Frau mehr als mein eigenes Leben.“

„So soll es doch auch sein.“

„Themenwechsel. Irgendeine Idee, wie wir den wahnsinnigen ´Sensenmann` aufhalten können?“

„Na, ganz einfach. Du fängst ihn und sperrst ihn weg.“

„Du bist heute sehr lustig. Doch genau so werden wir das machen. Wir kreisen ihn ein wie der Löwe seine Beute und schnappen dann zu."

„Hast du etwa daran gezweifelt?"

„Nein, wie könnte ich nur? Gut, lass uns zahlen und dann noch die restlichen Kaffeehäuser abklappern."

Als sie die Hoffnung schon fast aufgegeben hatten, entdeckten sie zufällig noch ein kleines, eher unscheinbares, aber doch typisches Wiener Kaffeehaus in einer schmalen Seitengasse.

„So, das ist jetzt das Letzte. Hoffentlich haben wir hier endlich Glück."

Schichta und Christoph betraten das Lokal, gingen zu einem der Kellner und stellten sich vor.

„Guten Tag. Mein Name ist Kriminaloberkommissar Herbert Schichta, und das ist mein Kollege. Ich würde Ihnen gerne ein paar Fotos zeigen. Könnten Sie mir bitte sagen, ob sie diese Leute vielleicht kennen?", fragte Schichta in seiner typisch freundlichen, aber bestimmten Art.

„Ja, diese beiden hier kenne ich. Die waren aber schon lange nicht mehr am Vormittag da. Ich glaub, die kommen immer am Abend."

Der Ober zeigte auf das Bild der Sommers.

„Danke, das hilft uns sehr weiter. Und die anderen, die kennen Sie gar nicht?“, fragte Schichta noch einmal nach.

„Nein, aber warten Sie, ich hol meinen Kollegen.“

„Markus, kannst du kurz herkommen, hier ist die Polizei“, rief er zu seinem Kollegen.

„Anton, ich komme gleich zu dir.“

Kaum eine Minute später erschien ein etwa 40- bis 50-jähriger Kellner. Er hielt noch ein Tablett mit bereits abgeräumtem Geschirr in der Hand. Bevor er die Polizisten begrüßte, stellte er dieses auf einem kleinen Tisch neben der Küche ab.

„Guten Morgen, meine Herren. Ich bin Herr Markus. Wie kann ich Ihnen helfen?“

„Danke, Herr Markus, dass Sie sich kurz die Zeit nehmen. Ich würde Ihnen gerne ein paar Fotos zeigen. Könnten Sie mir sagen, ob Sie die Leute darauf erkennen?“, begrüßte und fragte ihn Schichta.

„Ja, zeigen Sie nur her.“

Herr Markus betrachtete die Bilder und meinte:

„Ja, die kenne ich alle vier. Das ist Frau Romana. Die arbeitet hier in der Nähe und ist regelmäßig nach der Arbeit auf einen Kaffee und eine Torte, meistens die Topfentorte, hergekommen. Jetzt hab ich sie aber schon lange nicht mehr gesehen.“

Er deutete auf das erste Opfer. Die junge Frau, die in den Kammerspielen auf dem WC gefunden wurde.

„Und das ist Frau Sarah und Herr Florian. Die beiden kommen ein oder zwei Mal im Monat am Abend her. Sie sitzen immer dort hinten an dem kleinen Tisch. Sie essen eine Kleinigkeit, trinken meistens je ein Glas Zweigelt und gehen dann weiter ins Theater oder in die Oper. Das erzählen sie immer voll Stolz. Ist aber auch bei ihnen schon eine Zeit her, dass ich sie gesehen hab."

Zuerst deutete er auf das Bild der Sommers und dann auf einen bestimmten Tisch am Fenster.

„Das ist Herr Gerald. Ein alter Knacker, der ständig, aber unregelmäßig mit einer anderen jungen Freundin hierherkommt. Dann gibt er immer damit an, wie sehr ihn diese auf Trab hält."

„Danke für die ausführliche Info. Wie viele Kollegen haben Sie hier im Kaffeehaus eigentlich?", wollte Schichta noch wissen.

„Neben mir arbeiten nur der Herrn Anton und der Herr Dominik hier. Der Anton kennt die sicherlich auch alle. Ach ja, und der Chef, Herr Martin."

„Kannte er die vier?"

„Denke nicht. Der ist kaum hier. Anton, Dominik und ich schupfen hier ziemlich alleine den Laden."

„Haben sich eigentlich die vier untereinander gekannt?"

„Das kann ich Ihnen nicht sagen. Vielleicht. Aber ich glaub, eher nicht. Die kommen alle zu anderen Zeiten."

„Können Sie mir sonst noch etwas zu den vieren sagen? Ist Ihnen irgendetwas Ungewöhnliches aufgefallen, wenn sie hier waren?"

„Ich wüsste nicht, was. Mir ist nichts aufgefallen. Aber ich hab auch auf nichts Besonderes geachtet."

„Danke, Herr Markus. Hier haben Sie meine Karte. Bitte melden Sie sich bei mir, sollte Ihnen doch noch etwas einfallen. Nochmals danke, für Ihre Hilfe."

Schichta überreichte ihm seine Karte und verabschiedete sich.

Herr Markus nahm die Karte entgegen und ging auch wieder an seine Arbeit.

„Und, was meinst du, sind wir jetzt schlauer?", sagte Christoph, als sie das Lokal verließen.

„Ja. Hier ist unser gemeinsamer Nenner. Ich weiß im Moment noch nicht, wieso, aber hier sind wir genau richtig", sagte Schichta.

„Dein Bauchgefühl?"

„Jepp!"

Wieder zurück im Büro, rief er eine kurze Besprechung ein.

„Christoph und ich waren gerade im besagten Kaffeehaus. Alle vier Opfer waren dort regelmäßige Gäste. Was habt ihr in der Zwischenzeit herausgefunden?"

Schichta deutete auf Roman, Valentin, Rainer und Lukas.

„Ich war mit Valentin in Ebreichsdorf, am Golfplatz. Dort erinnerte man sich sehr wohl an die Sommers. Sie spielten dort regelmäßig. Auch das vierte Opfer, Herr Winterfeld, spielte dort. Uns wurde erzählt, dass die drei sich kannten. Genaueres wusste man dort aber nicht", erzählte Roman.

„Ich war mit Lukas im achten Bezirk, bei diesem Seniorenclub. Auch dort kannte man die Sommers und Herrn Winterfeld. Die drei fuhren bei einigen Ausflügen gemeinsam mit. Die Sommers waren aber sehr genervt von Herrn Winterfeld. Er war ein richtiger Angeber. Die anderen Mitglieder beschwerten sich auch des Öfteren über ihn. Er hatte eine unangenehme, aufdringliche Art. Mehr gab's nicht zu erfahren", berichtete Rainer.

„Und wie passt Frau Sagenfels da rein?", fragte Schichta.

„Keine Ahnung. Die war viel zu jung. Die einzige Gemeinsamkeit ist das Kaffeehaus", meinte Valentin.

„Gut, suchen wir nach weiteren Gemeinsamkeiten. Irgendwo werden wir die Lösung dazu schon finden. Gute Arbeit, Jungs. Weiter so!“

Mit diesen Worten ging er aus dem Besprechungsraum und weiter in sein Büro.

Kapitel 19

Der Sensenmann ist in Wien unterwegs. Es gibt bereits vier Tote. Zwei Frauen und zwei Männer. Was unternimmt die Polizei? Nicht viel. Nach dem ersten Opfer gab es eine kurze Pressekonferenz. Doch das war's dann. Wann wird endlich die Bevölkerung Wiens gewarnt, dass es erneut einen Serienmörder in Wien gibt? Lässt sich Herr Kriminaloberkommissar Herbert Schichta diesmal gar nicht blicken? Um dringende Stellungnahme von Seiten der Polizei wird ersucht. Das Volk hat ein Anrecht darauf.

„Haben Sie heute schon das Tagblatt gelesen? Was werden Sie unternehmen?", sagte der Polizeipräsident, als er Schichta's Büro betrat und ihm zornig die Tageszeitung auf den Schreibtisch knallte.

„Woher haben die schon wieder den Namen? Ich hab eine Mail erhalten, wo der Typ sich selbst diesen Namen gab. Niemand außer meinem Team wusste davon."

„Ich hab Sie etwas gefragt, Schichta!"

„Herr Polizeipräsident, ich hab Sie gehört. Ich kann Ihnen nur sagen, dass wir dran sind. Wir gehen einer weiteren Spur nach. Das mit den Medien werde ich klären. Ich schick Ihnen dann alle neuen Infos, die ich habe, weiter. Ist das jetzt geklärt?", meinte Schichta verärgert.

Ob er sich über die Medien oder den Polizeipräsidenten mehr ärgerte, konnte er im Moment nicht sagen. Beides regte ihn auf. Er hatte wahrlich etwas anderes zu tun. Er musste einen Serientäter fangen, sich nicht mit so einem Schwachsinn beschäftigen.

Nachdem der Präsident sein Büro wieder verlassen hatte, rief er sofort bei der besagten Tageszeitung an.

„Guten Tag, hier spricht Kriminaloberkommissar Herbert Schichta. Ich möchte gerne mit der zuständigen Person der heutigen Ausgabe sprechen", sagte Schichta mit einem zornigen Unterton.

„Gertrude Kimmerl hier, wie kann ich Ihnen helfen, Herr Kommissar?", meldete sich eine Frauenstimme.

„Sind Sie verantwortlich für die heutige Ausgabe?"

„Ja, wieso wollen Sie das wissen?"

„Woher haben sie den Namen ´Sensenmann`?"

„Vom Mörder selbst."

„Wie bitte? Ich glaub, ich hab mich verhört. Sagen Sie das noch einmal!"

„Der Mörder selbst hat mir einen Brief geschrieben. Er hat sich beschwert, dass Sie, Herr Kommissar, nichts unternehmen, um ihn zu finden."

„Und weshalb haben Sie mir den Brief nicht weitergeleitet?"

„Dazu bin ich nicht verpflichtet."

„Sie wollen also einen Mörder davonkommen lassen, nur damit Sie eine Schlagzeile haben, bevor Sie es der Polizei melden?"

„Ja, wieso auch nicht?"

„Wissen Sie überhaupt, was Sie damit angerichtet haben?"

„Nein. Das ist mir auch egal. Wissen Sie was, Herr Kommissar? Machen Sie Ihre Arbeit, und ich mache meine. Damit sollten wir dann alle was davon haben."

„Das wird ein Nachspiel haben. Damit können Sie auf jeden Fall rechnen. Ich brauch sofort diesen Brief."

„Bringen Sie mir einen offiziellen Beschluss über die Beschlagnahme des Briefes und Sie können ihn haben. Auf Wiederhören."

Frau Kimmerl beendete einfach das Gespräch, indem sie den Hörer ihres Festnetztelefons laut auf die Gabel knallte.

Schichta tobte.

Sofort rief er den zuständigen Staatsanwalt an, um sich den Beschluss zu besorgen. Nachdem er diesem den genauen Sachverhalt erzählt hatte, versprach dieser, sich so rasch wie möglich darum zu kümmern. Kaum eine Stunde später hielt Schichta das vom zuständigen Richter unterschriebene Dokument in den Händen.

Er rief Roman zu sich und gemeinsam fuhren sie in die Redaktion der Zeitung.

Raschen Schrittes gingen die beiden in das Büro von Frau Kimmerl.

Schichta stellte weder sich noch Roman vor. Er knallte ihr regelrecht den Beschluss auf den Tisch und hielt dabei die Hand auf.

„Hier haben Sie Ihren Beschluss. Und jetzt her mit dem Brief", schrie Schichta sie förmlich an.

„Guten Tag, Herr Kommissar. Na, endlich unternehmen Sie etwas. Ich hab Sie bereits erwartet", sagte sie süffisant.

„Hier bitte. Ich hab für Sie eine Kopie gemacht." Sie grinste, während sie ihm das Schreiben in die Hand legte.

„Ich brauch das Original. Hier lesen Sie den Beschluss. Sie sind verpflichtet den Originalbrief an mich auszuhändigen."

„Okay, einen Versuch war's doch wert."

Sie nahm den Brief aus ihrer Schreibtischlade und überreichte Schichta diesen.

Ohne ein weiteres Wort zu verschwenden, nahm Schichta den Brief an sich, gab Roman ein Zeichen, drehte sich um und verschwand genauso schnell, wie er gekommen war.

„So eine blöde Kuh", sagte Schichta zu Roman.

„Da hast du Recht. Die Journalisten glauben auch, sie haben Narrenfreiheit. Ja, blöde Kuh trifft es genau."

Roman und Herbert sahen sich an. Zuerst waren ihre Gesichtsausdrücke voller Zorn und Wut. Doch das ließ rasch nach, als beide begannen, Frau Kimmerl nachzumachen. Plötzlich mussten beide herzhaft lachen.

Zurück im Büro gaben sie den Brief sofort an die Spurensicherung weiter. Mit der Kopie gingen sie in Schichta's Büro und begannen zu lesen.

„Liebes Redaktionsteam!

Ich will mich vorstellen: Mein Name ist: der Sensenmann.

Sagt Ihnen nichts? Wird es gleich.

Ich bin derjenige, der die vier Personen ermordet hat. Zuerst eine junge Frau, dann ein älteres Ehepaar und dann auch noch einen alten Mann. Obwohl ich bereits direkt in Kontakt mit der Polizei getreten bin, werde ich nach wie vor ignoriert. Trotz mehrmaliger Anrufe bei der Notrufzentrale, eines direkten Anrufs bei Herrn Kriminaloberkommissar Herbert Schichta, eines weiteren Anrufs in einer Radiosendung und einer E-

Mail sowie eines Briefes auch direkt an Herrn Schichta. Meine Taten und ich werden einfach nicht ernst genommen.

Was halten Sie davon?

Vielleicht werde ich jetzt endlich ernst genommen.

ICH bin der Täter, der Mörder dieser vier Personen. Wenn mich die Polizei nicht bald aufhält, werde ich weiter morden und das geht dann auf deren Konto.

Schreiben Sie einen Bericht über mich in der nächsten Ausgabe, oder ich hol mir einen von euch.

Mit freundlichen Grüßen

Ihr Sensenmann"

„Ich fass es nicht. Jetzt erpresst er sogar die Zeitung", meinte Roman.

„Der Typ ist völlig durchgeknallt. Wir müssen den kriegen, bevor noch ein weiterer Mord geschieht", sagte Schichta.

„Wir überprüfen das Personal und Umfeld vom Golfplatz, dem Seniorenclub und dem Kaffeehaus. Mit diesen drei Plätzen liegen wir ganz sicher richtig. Ich weiß das."

„Aber Herbert, nur das Kaffeehaus trifft auf alle vier zu. Die beiden anderen Plätze nicht", gab Roman zu bedenken.

„Das ist richtig. Trotzdem müssen wir uns sicher sein, dass wir die beiden anderen Orte ausschließen können. Wir halten eine kurze Besprechung ab. Komm mit."

Roman rief alle zusammen.

Erneut trafen sie sich im Besprechungsraum.

„Wir haben einen weiteren Brief vom Sensenmann erhalten. Dieser ging an die Redaktion einer Tageszeitung. Kurz zusammengefasst steht drinnen, dass die Polizei nichts unternimmt, um ihn zu fassen, obwohl er uns eh schon so viele Hinweise gegeben hat. Wenn die Zeitung auch nichts unternimmt, werde es weitere Leichen geben."

„Der Typ ist ja völlig verrückt", wandte Lukas ein.

„Leider hast du damit Recht. Wir müssen ihn trotzdem fassen. Ich hab' beschlossen, dass ihr alle Personen und deren Umfeld von den drei Orten genauestens unter die Lupe nehmt. So werden wir den Täter einkreisen und die Falle zuschnappen lassen."

„Aber wir wissen ja noch gar nicht, wer der Täter ist!", sagte Valentin.

„Richtig. Aber wir werden ihn ausfindig machen. Lasst ihn uns einkreisen. Marsch, alle an die Arbeit, es gibt viel zu tun."

Es war eindeutig ein Befehl von Schichta. So streng kannte man ihn kaum. Doch widersprach ihm niemand. Alle wussten, dass der Hut brannte.

Das Team ging rasch zurück an die Arbeit.

Kapitel 20

„Nicole, bist du noch wach?"

Schichta kam erst um 23 Uhr nach Hause. Im Wohnzimmer brannte noch Licht, aber es war ganz still. Kein Fernseher oder irgendein anderes Geräusch war zu hören. Deshalb fragte er auch nur flüsternd nach.

Dann vernahm er ein leises Stöhnen.

„Herbert?"

Schon war es wieder still.

Herbert ging ins Wohnzimmer und fand Nicole halb schlafend auf der Couch vor.

„Komm Liebling, ich bring dich ins Bett", flüsterte er ihr zu. Dann hob er sie hoch und trug sie ins Schlafzimmer. Außer ein wenig Gestöhne gab sie nichts von sich.

Er legte sie behutsam ins Bett, deckte sie zu, gab ihr einen Kuss und ging leise aus dem Zimmer.

„Meine schlafende Schönheit", murmelte er leicht grinsend vor sich hin, während er in die Küche ging, um sich ein Bier zu holen. Er öffnete die Flasche, nahm einen Schluck und setzte sich ins Wohnzimmer. Er schaltete den Fernseher ein, aber nur ganz leise, damit er Nicole nicht weckte. Die aktuellen Nachrichten zu finden, war nicht schwer. Auf sämtlichen österreichischen Sendern wurde über die Neuigkeiten aus Wien berichtet. Immer mit der Überschrift: „Ein Serienmörder, der sich selbst den Namen ´Sensenmann` gab, treibt in Wien sein Unwesen."

Er trank sein Bier aus, ging unter die Dusche, und danach legte er sich zu Nicole ins Bett.

„Schöne, wunderbare Nicole, ich liebe dich. Der Wahnsinn kann ruhig bis morgen warten."

Mit diesen geflüsterten Worten schlief er, angekuschelt an seine Nicole, ein.

Die Nacht war viel zu kurz. Er erschrak, als um 6 Uhr sein Wecker läutete.

„Guten Morgen, Herbert", flüsterte Nicole in sein Ohr. Sie schmiegte sich fest an ihn und begann ihn zu küssen.

„Guten Morgen, Schönheit", erwiderte er. Zu mehr kam er nicht. Sie verführte ihn nach allen Regeln der Kunst.

Eine halbe Stunde später standen sie gemeinsam unter der Dusche.

„So lieb' ich es, geweckt zu werden", flüsterte er in Nicoles Ohr.

„So lieb' ich es, dich zu wecken", flüsterte Nicole zurück.

„Wow, was für ein herrlicher Morgen", sagte er zu seinem Spiegelbild, während er sich rasierte.

Nicole war bereits wieder im Schlafzimmer verschwunden, um sich anzuziehen. Etwa zehn Minuten später trafen sie sich in der Küche wieder. Beide tranken ihren Kaffee, küssten sich zwischendurch immer wieder und Herbert verließ mit den Worten „Könnte heute später werden. Du weißt, dieser Fall" die Wohnung.

Nicole blieb glücklich zurück und machte sich auch bereit, um in die Arbeit zu fahren.

„Guten Morgen", rief Schichta in die Runde, als er das Büro betrat.

„Nein, Herbert, nicht schon wieder!", sagte Rainer grinsend.

„Was denn, Leute. Ist doch ein guter Morgen. Heute fangen wir unseren Mörder."

„Ich hasse es, wenn du Sex in der Früh hattest. Da bist du immer so überschwänglich gut gelaunt. Willst du uns neidisch machen?", spottete Valentin.

„Ich hab doch gar nichts gesagt."

„Okay, wir wissen jetzt alle, du hattest wieder eine geile Nacht oder einen super Morgen. Wir können es dir ansehen. Lass uns an die Arbeit gehen", meinte Roman schmunzelnd.

„Gut, Freunde. Spaß beiseite. Lasst uns weiterforschen, dort wo wir gestern aufgehört haben. Hat irgendwer schon etwas Interessantes herausgefunden?", fragte Schichta in die Runde.

„Ich war gestern damit beschäftigt, die Golfclubmitglieder durchzugehen. Bis jetzt gab es nichts Auffälliges. Heute mach ich mit dem Personal weiter", erklärte Lukas, der gemeinsam mit Rainer am Golfclub dran war.

„Valentin, Christoph, habt ihr schon was Nennenswertes vom Seniorenclub?", wollte Schichta wissen.

„Nur das, was wir gestern auch schon herausgefunden haben. Wir arbeiten noch dran", gab Valentin zur Antwort.

„Gut, Roman und ich werden weiter das Kaffeehaus ausforschen. Gabriel und Philipp, ihr macht bitte mit den Recherchen zu den Opfern weiter."

Schichta wollte sich gerade in Bewegung Richtung Türe begeben, da fiel ihm noch etwas ein.

„Ach ja, spätestens morgen Früh will ich einen Namen auf meinem Tisch haben!"

Mit diesen Worten ging er aus der Türe und verschwand in seinem Büro.

Das restliche Team machte es ihm nach.

„Doktor Schreiberling?", meldete sich der Gerichtsmediziner.

„Hier Schichta, guten Morgen."

„Bitte Herr Kommissar, wie kann ich Ihnen diesmal helfen?"

„Ich wollte nur nachfragen, ob es noch irgendwelche Ergänzungen zu meinen Opfern gibt. Ich hab ja bereits die Autopsieergebnisse erhalten. Hab aber irgendwie das Gefühl, dass da etwas fehlt."

„Sie haben wieder einmal das richtige Gespür. Mir erging es genauso. Deshalb hab ich mir die freigelegten Gehirne noch einmal selbst unter dem Mikroskop angesehen. Sie werden es nicht glauben, aber ich hab dort auch Ihr Glitzerdings gefunden."

„Mein Glitzerdings? Die Spurensicherung konnte dazu gar nichts sagen, da sie meinten, das wäre eindeutig nichts."

„Falsch. Ich hab's gefunden. Es handelt sich eindeutig um die Ablagerungen des Frostschutzmittels."

„Ernsthaft? Das kann man im Gehirn sehen? Davon hab ich auch noch nie etwas gehört."

„Gesehen hab ich sowas auch noch nie. Im Studium hab ich einmal davon gehört, doch auch nicht mehr dran gedacht. Doch mir ging es nicht aus dem Kopf, weshalb der Täter in den Gehirnen so herumgestochert hat. Das ergab für mich einfach keinen Sinn. Bis mir dann plötzlich mein Studium wieder eingefallen ist. Also hab ich es überprüft und tatsächlich gefunden."

„Danke, Herr Doktor Schreiberling. Jetzt hab ich auch endlich eine Erklärung zu dem Ganzen. Sie haben mir sehr weitergeholfen. Durch Ihre Hilfe bin ich dem Täter wieder einen Schritt näher. Danke noch einmal und auf Wiederhören."

Schichta beendete das Gespräch und konnte es kaum fassen.

Er ging zu seinen Tafeln und schrieb dazu: „Tatmotiv: Suche nach den Kristallen im Gehirn".

Zufrieden ging er wieder zu seinem Schreibtisch und lehnte sich erleichtert in seinem Sessel zurück.

„Das war's, was er im Mail gemeint hatte. Er habe das gefunden, wonach er gesucht hatte. Die Kristalle. Er suchte nach den Kristallen. Aber weshalb?"

Er gab erneut die Suche „Frostschutzmittel und die Folgen für den Körper" in der Suchmaschine des Computers ein. Was er da alles las, ließ ihn erschaudern. „Warum sind manche Menschen so grausam?", dachte er sich.

Neuerlich lud er seinen bereits begonnenen Bericht hoch und schrieb auch dieses sehr wichtige Detail dazu.

Danach ging er in das Büro von Roman und erzählte ihm von den neuesten

Erkenntnissen.

Auch Roman war entsetzt.

„Wir wissen, wie, wir wissen, warum, jetzt müssen wir noch herausfinden, wer“, sagte Roman.

„Und wir müssen noch herausfinden, warum der Täter gerade diese vier Opfer ausgesucht hatte“, warf Schichta noch ein.

„Lass uns auf die Suche des Irren gehen.“

Roman und Schichta setzten sich an den großen Schreibtisch in Romans Büro und begannen mit den diversen Suchanfragen.

Am frühen Nachmittag ließen sie sich eine Pizza liefern und arbeiteten während des Essens unermüdlich weiter.

Die Zeit verging wie im Flug.

Gegen 19 Uhr ging Schichta durch die Büros seiner Kollegen und fragte nach, ob sie bereits Ergebnisse liefern können.

Alle vertrösten ihn auf den nächsten Tag.

Auch Roman und er hatten einiges abgefragt, aber noch nicht den richtiger Treffer gelandet. Doch Schichta war sich sicher, es war nur mehr eine Frage von einigen Stunden, dann hatten sie ihn.

Die Schlinge zog sich bereits zu.

Er spürte es.

Nein, er wusste es.

Um 22 Uhr schickte er alle nach Hause und vereinbarte eine Besprechung am nächsten Tag um 10 Uhr.

Es war eindeutig ein sehr guter Tag gewesen.

Kapitel 21

Schichta hatte sehr unruhig geschlafen. Er hatte sich im Bett herumgewälzt und schreckliche Albträume gehabt. Am Vortag war er wieder erst gegen Mitternacht nach Hause gekommen. Bis er endlich im Bett und eingeschlafen war, war es sicher bereits ein Uhr. Die Ereignisse der letzten Wochen überschlugen sich in seinem Kopf.

Er hatte geträumt, dass Nicole vom Sensenmann der Schädel aufgesägt worden war und er selbst die Leiche fand. Erschrocken fuhr er regelrecht aus dem Bett. Rasch sah er nach, ob Nicole tatsächlich neben ihm schlief. Er war erleichtert, als er seine schlafende Schönheit friedlich schlummernd neben sich sah.

An weiterschlafen war gar nicht mehr zu denken. Obwohl es erst drei Uhr morgens war, stand er auf, zog sich seinen Jogginganzug an und ging laufen. Er hoffte, er würde dadurch auf andere Gedanken kommen.

Um diese Uhrzeit war es totenstill auf den Straßen. Außerdem war es angenehm kühl, obwohl es ganz leicht regnete. Er spürte den leichten Wind in seinem Gesicht. Regentropfen bildeten sich in seinen Haaren und liefen wie dicke Tränen über seine Wangen und seinen Hals. Doch er ließ sich davon nicht abhalten. Er lief immer schneller. Als wolle er selbst dem Unglück entfliehen. Total erschöpft und nass kehrte er gegen vier Uhr Früh wieder in seine Wohnung zurück.

Er stellte sich unter die Dusche, zog sich um, ging danach in die Küche und bereitete sich einen frischen Kaffee zu. Mit dem Häferl in der Hand stellte er sich ans Wohnzimmerfenster und sah zu, wie sich das Wetter weiter verhielt. Die Blätter der angrenzenden Bäume wiegten sich im Wind. Nicht sehr stark, aber doch so viel, dass man den Eindruck hatte, sie würden tanzen. Während dieser Beobachtung bemerkte er, wie sein Körper leicht mitschwang und sein Gehirn den Stress fallen ließ. Auf einmal fühlte er sich leicht und total entspannt.

Genau in diesem Moment der Ruhe ging die Sonne auf.

Was für ein herrlicher Anblick.

 Herbert trank seinen Kaffee aus, schrieb Nicole eine Nachricht, dass er schon am Weg ins Büro sei und verließ leise die Wohnung.

Gegen 7 Uhr erhielt er einen Anruf des Kriminaltechnikers.

„Herr Kommissar, es tut mir sehr leid, dass ich mich erst jetzt melde. Aber wir haben so viele Krankenstände, Pensionierungen, na ja, wir sind eindeutig unterbesetzt. Jetzt hab ich endlich das Ergebnis", erklärte er.

„Kein Problem. Nur, ich warte auf gar keine Ergebnisse mehr. Nichts, was ich im Moment

wüsste. Also, was haben Sie für mich?", fragte
Schichta nach.

„Das Messer, welches bei der Leiche von Herrn
Winterfeld gefunden wurde. Ich habe jetzt die
Auswertungen der Fingerabdrücke. Es war sein
eigenes Messer."

„Wieso sollte er mit seinem eigenen Messer in die
Kammerspiele gehen?"

„Diese Frage kann ich Ihnen leider nicht
beantworten."

„Danke, auf jeden Fall für den Anruf und die
Information."

„Gerne. Und noch einmal sorry für den späten
Bericht. Schriftlich bekommen Sie diesen natürlich
noch zugeschickt."

Damit war das Gespräch beendet.

„Ich wusste sofort, dass dieses Messer keinen Sinn
ergab und nur für uns dort platziert wurde.
Deshalb hab ich daran gar nicht mehr gedacht",
sagte er in sein leeres Büro.

Schichta war überzeugt davon, dass nur mehr ein
einziges Puzzlestück fehlen würde, und der Fall
wäre gelöst. Also beschloss er für 12 Uhr eine
Pressekonferenz einzuberufen. Nach ein paar
Minuten hatte er die dazugehörige Rundmail
ausgeschickt.

Erleichtert über seinen Fortschritt und seine wiedergefundene innere Ruhe, ging er in die Küche und sorgte für Kaffeenachschub. Dort traf er auf Roman.

„Guten Morgen, Roman. Du bist auch schon hier? Ist doch erst 7 Uhr 30", begrüßte er seinen Freund.

„Ich konnte überhaupt nicht schlafen. Hatte Albträume, und der prasselnde Regen hat auch genervt. Bin seit einer halbe Stunde hier. Du bist aber auch früh dran."

„Bin seit 5 Uhr 30 hier. Mir ging's genauso. An Schlaf war nicht zu denken. Hab sogar geträumt, dass der Mörder Nicole geschnappt und umgebracht hat. Danach bin ich eine Stunde laufen gegangen. Das hat dann geholfen. Ich geh noch in mein Büro einige Sachen erledigen und wir treffen uns dann, wie vereinbart, um 10 Uhr."

Roman und Schichta verließen mit je einem großen Häferl Kaffee die Küche und verschwanden in ihren Büros.

Um 10 Uhr trafen sie sich alle im Konferenzraum.

„Ich hoffe, ihr könnt mir sagen, wer unser Mörder ist." Mit diesen Worten eröffnete Schichta die Besprechung.

„Also aus dem Seniorenclub ist er sicher nicht. Ich hab mit Christoph wirklich alle überprüft. Für diese Tat kommt keiner in Frage", sagte Valentin.

„Das ist eine klare Ansage. Und ihr habt sicher nichts und niemanden vergessen?"

„Nein, Herbert, ganz sicher nicht. Den Club kannst du eindeutig von deiner Liste streichen."

„Über die Toten und deren Umfeld gibt es nichts Besonderes oder Auffälliges. Keinerlei Spuren führen zum sozialen Umfeld. Freunde, Bekannte und Familien kann man alle ausschließen. Das ist eindeutig die falsche Spur", berichtete Valentin.

„Aber ich glaub, ich hab jemanden, der passen würde", sagte Rainer.

„Lukas und ich haben den Golfclub auseinandergenommen. Alle Personen überprüft. Da sind wir auf einen Herrn Benedikt Finstermann gestoßen. Ein eigenartiger Typ. Die Besitzer des Clubhauses überlegen bereits ihn rauszuschmeißen. Er belästigt die Mitglieder dort. Außerdem hatte er Kontakt zu unseren Opfern. Und zwar wirklich zu allen. Auch zu Romana. Ihr Opa spielt auch in dem Club, und sie hat ihn manchmal begleitet."

„Super. Also waren doch alle dort. Aber wie kommst du auf Herrn Benedikt, dass der unser Mörder sein soll?"

„Herbert, das ist ganz einfach. Er ist wegen Belästigung vorbestraft."

„Aber Belästigung ist nicht gleich Mord."

„Das ist mir klar. Aber die Belästigung ging hin bis zu schwerer Körperverletzung. Er hat seinen Opfern Schnitt- und Stichwunden zugefügt, wenn sie auf seine Avancen nicht eingingen. Und es handelte sich dabei nicht nur um Frauen. Auch Männer. Er bevorzugt diesbezüglich niemanden. Auch das Alter interessiert ihn nicht. Wenn er sich eine Person in den Kopf gesetzt hat, dann zieht er das bis zum Ende durch. Entweder die machen mit oder enden im Krankenhaus.“

„Das ist wirklich ein eigenartiger Typ. Gut, den behalten wir einmal im Auge. Wir werden ihm auf jeden Fall einen Besuch abstatten. Gut gemacht Jungs. Wie sieht's mit dem Kaffeehaus aus? Roman, bist du noch weitergekommen?“

„Hier könnte ich euch gleich zwei Verdächtige nennen. Der Besitzer, Herr Martin, ist auch vorbestraft. Er dealt mit allen möglichen Substanzen. Außerdem wurde er auch schon das eine oder andere Mal handgreiflich.“

„Und der zweite?“

„Herr Markus. Der ist mir irgendwie suspekt. Er hat keinerlei Vorstrafen. Eigentlich ein unbescholtener Bürger. Aber irgendwas gefällt mir an dem nicht. Er hatte als Jugendlicher einen Motorradunfall. Dabei erlitt er eine schwere Kopfverletzung. Seine Mitarbeiter beschreiben ihn als sehr höflich den Gästen gegenüber. Aber er fixiert sich eher auf die, die viel Geld haben. Er ist gierig auf viel Trinkgeld. Hinterrücks schimpft er und erzählt Geschichten, was er mit den Gästen alles machen würde, wenn er sie einmal alleine in einer finsteren Gasse treffen würde."

„Na ja, da müssten wir die halbe Bevölkerung einsperren. Ich bin überzeugt davon, jeder von uns hatte schon einmal solche Gedanken. Danke auf jeden Fall für eure Arbeit. Ich würde sagen, zuallererst nehmen wir uns diesen Herrn Benedikt vor. Der Typ ist auf jeden Fall krank."

Schichta notierte sich einiges und meinte dann noch: „Leute, ich hab mir die weiteren Schritte überlegt. Ich werde um 12 Uhr eine Pressekonferenz abhalten und werde ihnen mitteilen, dass wir heute noch den Täter verhaften werden. Damit locken wir ihn aus seinem Versteck. Danach besuchen wir Herrn Benedikt."

Mit diesen Worten war die Besprechung beendet.

Schichta ging zurück in sein Büro und bereitete sich auf die Pressekonferenz vor.

Punkt 12 Uhr war der Saal, in dem die Konferenz stattfand, gesteckt voll. Schichta trat an das bereitgestellte Pult.

„Guten Tag, werte Personen der diversen Medien. Nach wochenlanger Recherche und leider vier Toten kann ich Ihnen mitteilen, dass der Täter heute noch festgenommen wird."

„Wer ist es?", fragte eine Journalistin nach.

„Im Moment werde ich noch keinen Namen nennen. Ich will, dass sich der Mörder darauf vorbereiten kann. Ich werde ihn persönlich abholen und festnehmen. Die Uhrzeit für die nächste Pressekonferenz gebe ich ihnen heute Nachmittag noch bekannt."

Schichta drehte sich um und verließ den Raum.

Die Presse blieb sprachlos, aber auch verärgert zurück.

Zurück im Büro, machte er sich bereit für die Verhaftung von Benedikt.

Schichta und sein komplettes Team machten sich auf den Weg in dessen Wohnung im 13. Bezirk.

Eine halbe Stunde später stürmten sie die Wohnung und Schichta nahm ihn fest.

„Herr Benedikt Finstermann, ich nehme Sie fest wegen des Verdachts des Mordes an vier Personen."

„Mord? Ich? An wem denn?", stammelte der sonst so wichtigtuerische Benedikt.

„Das besprechen wir auf der Polizeistation."

Schichta legte ihm Handschellen an und verfrachtete ihn in sein Polizeiauto.

Im Verhörzimmer angekommen, begann er gemeinsam mit Roman und Rainer die Befragung.

„Herr Benedikt Finstermann, Sie sind hier wegen des Verdachts des Mordes."

„Das haben Sie mir schon gesagt. Aber ich hab niemanden ermordet. Wie kommen Sie auf diese Idee?"

„Es gibt vier Todesopfer, und wir haben herausgefunden, dass Sie alle vier gekannt haben."

„Nur, weil ich die gekannt haben soll, heißt das doch nicht, dass ich sie ermordet hab. Glauben Sie wirklich, dass ich sowas Verrücktes tun kann?"

„Ich kenn Sie nicht, deshalb muss ich mich an die Fakten halten. Sie wurden bereits mehrfach wegen Belästigung und Körperverletzung angeklagt. Dieses Verhalten trifft eindeutig auf unseren Täter zu. Und der sind Sie."

„Nein, glauben Sie mir doch, Herr Kommissar. Ich war das nicht. Ja, ich hab vielleicht schon das eine oder andere Mal was angestellt. Ich liebe halt die Menschen. Wenn die nicht das tun, was ich will, dann werde ich manchmal auch sauer. Kann dann schon passieren, dass ich wem weh tu. Aber ich schwöre, ich hab noch nie jemanden ermordet. Wen sollte ich denn umgebracht haben?"

„Frau Romana, die Sommers und Herrn Winterfeld."

„Ja, die kenn ich alle aus dem Golfclub. Aber ich hab die doch nicht umgebracht. Wie kommen Sie denn drauf? Ehrlich, ich wars nicht. Ich schwör's Ihnen."

„Schwören können Sie vor dem Richter. Ich bin davon überzeugt, dass Sie unser Täter sind. Weshalb haben Sie die Opfer mit Frostschutzmittel gequält?"

„Ich soll was getan haben? Was reden Sie für einen Blödsinn?"

„Und die Kammerspiele? Was ist mit denen?"

„Was soll mit denen sein? Dort war ich noch nie in meinem Leben. Ich weiß, dass es die gibt, aber ich war wirklich noch nie dort."

„Ich würde sagen, entweder sagen Sie mir auf der Stelle die Wahrheit oder ich lass Sie für 24 Stunden einsperren. Da können Sie dann über Ihr Verhalten und ein eventuelles Geständnis nachdenken."

„Ja, sperren Sie mich ruhig ein. Ich weiß, ich hab nix getan."

Schichta warf Roman und Rainer einen Blick zu, dass sie den Verhörraum verlassen werden.

Vor der Türe meinte Roman: „Glaubst du wirklich, dass der das war?"

„Ich fürchte auch, dass er es nicht war. Er würde zwar ins Bild passen, aber er war das nicht. Wir lassen ihn trotzdem etwas schmoren. Was machen wir als nächstes? Nehmen wir uns Herrn Martin, den Chef des Kaffeehauses, vor. Haben wir eine Adresse?"

„Ja, ich hol sie. Fahren wir dann gleich weiter?", fragte Rainer.

„Machen wir. Ich trommle wieder das Team zusammen und los geht's wieder", sagte Schichta, während er sich auf den Weg machte.

Kapitel 22

„Verdammt, die sind mir auf der Spur. Wie konnten Sie mich jetzt doch ausfindig machen? Wo hab ich einen Fehler gemacht? Ich versteh's nicht. Ich hab doch so aufgepasst."

Er murmelte verzweifelt vor sich hin. Irgendwie wartete er darauf, dass es an seiner Wohnungstüre klingelte. Die Pressekonferenz hatte ihn aus der Bahn geworfen.

„Dieser Schichta ist doch schlauer, als ich gedacht habe. Hab ich ihn unterschätzt? Ich könnte mich in Grund und Boden ärgern. Ich versteh nicht, wo mein Fehler war. Was hab ich nur falsch gemacht?"

Er studierte alle seine Morde genau durch. Ging Szenario für Szenario durch. Er sah keinen Fehler.

„Ich sollte hier nicht auf Schichta warten, bis er mich abholt. Ich muss mich unbedingt verstecken. Doch wo soll ich nur hin? Ach, ich weiß schon, dort wird er mich bestimmt nicht suchen. Ich bin ja doch schlauer als er."

Mit diesem letzten Gedanken packte er eine kleine Reisetasche zusammen und verließ seine Wohnung.

Schichta und sein Team läuteten an der Wohnungstür an.

Niemand öffnete.

Erneutes Sturmläuten und die Türe wurde von einem untersetzten, kleinen, grauhaarigen Mann geöffnet.

„Was ist denn hier los? Was wollen Sie von mir?", fragte Herr Martin zornig.

„Ich bin Kriminaloberkommissar Herbert Schichta und ich nehme Sie wegen des Verdachts des vierfachen Mordes hiermit fest."

„Sie machen was?"

„Ich nehme sie fest."

Während Schichta die Worte wiederholte, legte er ihm schon die Handschellen an und führte ihn zu seinem Wagen.

Herr Martin schimpfte die ganze Autofahrt über. Er beteuerte ständig seine Unschuld.

Im Verhörraum angekommen, stellte Schichta die übliche Frage.

„Wieso Frostschutzmittel?"

„Was ist mit Frostschutzmittel? Ich weiß nichts davon."

„Wieso diese vier Personen? Was haben die Ihnen angetan, dass Sie sterben mussten?"

„Ich hab grad so überhaupt keine Ahnung, wovon Sie da überhaupt reden. Noch einmal, ich hab niemanden ermordet."

„Sie handeln mit illegalen Substanzen, richtig?"

„Na ja, handeln, also ich würde …"

„Ich weiß es, und Sie wissen es. Also reden Sie nicht um den heißen Brei herum. Bitte sagen Sie mir einfach nur – warum?"

„Ja, das mit den Drogen stimmt. Aber warum was?"

„Warum haben Sie diese Menschen ermordet. Ich weiß auch, dass Sie bereits zwei Menschen körperlich angegriffen haben. Also, wie wärs jetzt mit einem Geständnis?"

„Aber ich kann doch nichts gestehen, was ich nicht getan habe? Wen soll ich denn ermordet haben?"

Schichta nannte ihm die Namen.

„Aber die kenn ich doch gar nicht. Wer soll denn das sein?"

Erneut gab Schichta seinen beiden anwesenden Kollegen ein Zeichen, sich vor der Türe weiter zu unterhalten. Sie verließen den Verhörraum.

„Ich fürchte, der war's auch nicht", sagte Schichta.

„Jetzt bleibt uns nur mehr der Kellner. Wie war doch gleich sein Name?", fragte Roman nach.

„Herr Markus. Hoffentlich haben wir mit Ihm den Richtigen. Sonst müssen wir wieder von vorne anfangen. Mir gehen die Verdächtigen aus", sagte Schichta.

Er ließ aber vorsichtshalber auch Herrn Martin in U-Haft stecken.

Ein drittes Mal an diesem Nachmittag forderte er einen Haftbefehl und Durchsuchungsbefehl an. Der Staatsanwalt und Richter waren nicht sehr begeistert darüber. Sie meinten, dass dann für heute Schluss wäre. Er solle sich endlich auf den richtigen Täter fixieren.

Schichta war das sehr peinlich. Aber er musste seiner Arbeit nachgehen. Und manchmal gehörte eben auch ein Ausschlussverfahren dazu.

„So, Leute. Wir haben zweimal danebengegriffen. Jetzt wird es Zeit den letzten und hoffentlich richtigen Verdächtigen festzunehmen. Alle guten Dinge sind drei. Den Haftbefehl und Durchsuchungsbeschluss hab ich bereits in der Tasche. Also lasst uns loslegen", rief Schichta seinem Team zu, während alle zu den Autos liefen und Richtung Simmeringer Hauptstraße im 11. Bezirk fuhren.

„Bitte öffnen Sie sofort die Türe. Hier ist die Polizei!", rief Schichta, während Roman die Klingel betätigte.

Nichts.

Erneut wurde gerufen und geklingelt.

Wieder nichts.

„Wir werden uns jetzt gewaltsam Eintritt verschaffen, wenn Sie nicht sofort die Türe öffnen."

Noch immer nichts.

„Brecht die Türe auf", rief Schichta seinen Kollegen zu.

Dann stand er in der Wohnung und war augenblicklich sprachlos.

„Was um Himmels Willen ist denn hier los?", rief Schichta aus.

„Um Gottes Willen, das ist ja schrecklich", schrie auch Roman.

Einer nach dem anderen betrat die Wohnung und blieb wie angewurzelt im Vorzimmer stehen. Was sie dort sahen, machte alle sprachlos.

Und die Kommissare hatten wahrlich schon sehr viel Seltsames gesehen.

Kapitel 23

„Wie gerne würde ich jetzt die Gesichter der Polizisten sehen. Hab extra die Wohnung noch ein bisschen für die geschmückt.“

Er begann bei dem Gedanken zu lachen.

„Auch wenn meine Mutter immer meinte, ich sei total verrückt, ach, sie hatte ja keine Ahnung! Als verrückt würde ich mich nicht bezeichnen. Aber egal. Jetzt muss ich mich darum kümmern, dass mich dieser Schichta nicht schnappt. Ich bin davon überzeugt, dass das hier erst einmal ein sehr gutes Versteck ist. Hier findet er mich sicher nicht.“

Über seine eigene Schlauheit fasziniert, lehnte er sich in einem Sessel zurück, verschränkte seine Arme vor der Brust und begann zu grübeln, was er wohl als Nächstes anstellen konnte.

„Wir brauchen sofort die Spurensicherung hier und schickt einen Beamten zum Kaffeehaus“, rief Schichta seinen Leuten zu.

Hektisch wurde telefoniert und alles Mögliche in Bewegung gesetzt, dass dieser Markus gefasst wurde.

„Valentin, kümmer dich bitte darum, dass unsere beiden Insassen wieder aus der U-Haft entlassen werden.“

„Mach ich, Chef", rief er Schichta hinterher, während er im Laufschritt vor die Haustüre trat, um zu telefonieren.

„Rainer, wann wird endlich die Spurensicherung hier sein?"

„Müssten jede Minute hier eintreffen."

Schichta war eindeutig gestresst. Normalerweise hatte er diesen strengen Befehlston nur bei den Verbrechern drauf. Dass er jetzt seine eigenen Leute so herumkommandierte, zeigte seine Nervosität. Er wusste immer, was er tat. Das hatte nichts mit Unsicherheit zu tun. Schichta hatte einfach nur das Gefühl, er müsse rasch handeln, da es sonst womöglich noch andere Leichen geben würde.

„Herbert, wie kann ich dir helfen?", fragte Roman in einem ruhigen Tonfall.

„Alles gut. Hab alles im Griff. Wenn erst einmal die Spurensicherung hier ist, können wir mit der Suche beginnen."

Schichta hatte den genauen Plan, wie er weiter vorgehen wird, bereits im Kopf. Doch vorerst musste er abwarten, bis er selbst die Wohnung betreten konnte.

„Hallo, Schichta!", rief ihm einer der Leute der Spurensicherung zu.

„Was haben wir denn Schönes?“

„Das wirst du gleich sehen, wenn du weitergehst.“

Schichta ging einen Schritt zur Seite, damit die Kollegen vorbeigehen konnten.

Sie blieben wie angewurzelt stehen.

„Was ist denn hier passiert?“, sagte ein anderer Kollege.

„Bitte nach Ihnen“, sagte Schichta und ließ Ihnen den Vortritt.

Nach etwa einer Stunde war die Spurensicherung so weit fertig, dass auch Schichta und seine Kollegen die Wohnung betreten konnten.

Schichta notierte und fotografierte alles. Wie immer steckte sein kleines Notizbuch in seiner Hemdtasche. Als auch er mit seiner Arbeit am neuen Tatort fertig war, ging er nach draußen, um tief durchzuatmen.

„Was für eine Sch…“

Weiter kam er mit seinem Gedanken nicht, da sein Handy läutete.

„Schichta?“

„Hallo, Herr Kommissar. Haben Sie mich schon vermisst?“

„Herr Tidenmoll. Schön von Ihnen zu hören.“

„Tatsächlich? Also haben Sie mich doch gefunden. Der Tipp bei der Pressekonferenz war genial. Danke dafür. So hatte ich Zeit, meine Koffer zu packen und Ihnen ein kleines Geschenk dazulassen.“

„Das mit dem Geschenk finde ich sehr aufmerksam, danke. Aber machen Sie sich keine allzu großen Hoffnungen. Ich krieg Sie, darauf können Sie wetten.“

„Aber heute nicht mehr. Das heißt, Sie haben Ihr Versprechen der Presse gegenüber gebrochen. Können Sie damit leben?“

„Kein Problem. Warten Sie nur ab, wie Ihr Leben aussehen wird, wenn ich Sie gefunden und eingesperrt habe. Den Schlüssel zu Ihrer Zelle werde ich höchst persönlich wegwerfen.“

„Wieder ein leeres Versprechen. Herr Kommissar, ich will Sie nicht länger bei der Suche nach mir aufhalten. Gutes Gelingen. Ach ja, noch etwas: Wir sehen uns in der Hölle.“

Das Gespräch wurde beendet.

Schichta wusste, dass es unmöglich gewesen wäre, dieses Gespräch nachzuverfolgen. Deshalb hatte er es gar nicht erst probiert.

„Der Typ glaubt auch, dass er schlauer ist als alle anderen. Da kennt er mich aber schlecht.“

Genau das war letztendlich der Auslöser, dass Schichta wieder die Ruhe in Person war. Er wusste genau, er würde diesen Mistkerl fassen. Wenn heute nicht, dann eben morgen. Aber er würde in seine Falle tappen, so wie all die anderen auch. Und dieser Gedanke verlieh ihm wieder seine übliche Stärke.

Er wartete vor der Haustüre, bis auch seine Kollegen alles inspiziert hatten, und anschließend fuhren sie wieder zurück ins Büro.

„Leute, jetzt wissen wir es definitiv. Herr Markus Tidenmoll ist unser Täter. Er mag uns heute entwischt sein, aber wir kriegen ihn, ohne jeden Zweifel", erklärte Schichta seinem Team.

„Ihr wisst, was zu tun ist. Wir werden ihn finden."

Schichta kehrte seinem Team den Rücken zu und ging in sein Büro.

Sofort lud er die Fotos der Wohnung herunter, druckte diese aus und pinnte sie an seine Tafeln. Dann stand er davor und studierte ein Bild nach dem anderen.

Plötzlich vernahm er ein „Pling" und er wusste, dass eine E-Mail eingegangen war.

Er ging zurück zum Schreibtisch und begann zu lesen.

„Lieber Herr Schichta! Oder sollte ich Herr Kriminaloberkommissar sagen?

Egal. Ich kann es einfach nicht lassen, ihnen immer mindestens einen Schritt voraus zu sein. Dort, wo ich mich jetzt im Moment befinde, werde ich sicher nicht mehr lange bleiben. Aber ich werde Ihnen, wenn ich gut gelaunt bin, immer irgendwelche Hinweise hinterlassen. Na, was sagen Sie dazu?

Gehen Sie lieber rasch auf die Suche nach mir. Sonst ist es womöglich zu spät.

Ihr Sensenmann"

„Nein, mein Freund, ich lass mich nicht auf deine Spielchen ein. Ich weiß nämlich bereits, wo ich dich letztendlich finden werde. Du magst mir jetzt einen Schritt voraus sein, aber ich werde bereits auf dich warten, an dem Ort, wo du meinst, dich vor mir verstecken zu müssen."

„Hallo, Herbert!", meldete sich Nicole.

„Schatz, ich werde bald nach Hause kommen. Das wollt ich dir nur sagen."

„Hast du den Mörder schon geschnappt?"

„Nein, aber ich erzähl dir alles, wenn ich zu Hause bin. Würdest du bitte ausnahmsweise auf mich warten? Ich weiß, es ist schon spät. Aber es wäre mir wichtig."

„Ja, ich warte auf dich. Bis später."

Schichta ging noch zu seinem Team, verabschiedete sich mit den Worten: „Ich weiß, wo er morgen sein wird. Da schnappen wir ihn. Geht jetzt alle nach Hause. Morgen 8 Uhr im Besprechungsraum. Ich werde euch dann alles erklären. Bis morgen."

Sein Team sah ihn verwundert an, dann einander.

Sie schüttelten ihre Köpfe, packten ihre Sachen zusammen und fuhren alle nach Hause.

Kapitel 24

„Nicole, bist du noch wach?", fragte er leise, rücksichtnehmend falls sie doch eingeschlafen sein sollte.

„Ja, bin in der Küche. Magst du was haben?", fragte sie nach.

„Gerne, eine Kleinigkeit zu essen wäre super. Ich geh nur rasch unter die Dusche. Bin in fünf Minuten bei dir."

Genauso war es. Gut duftend kam er in die Küche und umarmte Nicole von hinten, da sie gerade dabei war, einige Wurstbrote zu richten. Er küsste sie in den Nacken, woraufhin sie sich ihm zuwandte und ihm auch einen Kuss gab.

„Nicole, es tut mir leid, dass es schon wieder so spät geworden ist. Aber ich steh ganz kurz vor der Verhaftung dieses Typen."

„Warum kannst du ihn dann nicht gleich heute schnappen?"

„Weil er denkt, dass er schlauer ist als ich. Er wird sein Versteck heute Nacht noch verlassen und in ein neues Versteck gehen. Dann hol ich ihn mir morgen. Das genügt. Er hat keine Zeit, etwas Dummes anzustellen. Da bin ich mir sicher."

„Er denkt wirklich, er sei schlauer als du? Na, da wird er sich aber noch täuschen, richtig?"

„Richtig!"

Schichta nahm sich ein großes Glas aus dem Küchenkasten und füllte es mit Mineralwasser. Dann nahm er den Teller mit den Wurstbroten in die andere Hand und ging damit ins Wohnzimmer. Er setzte sich neben Nicole auf die Couch.

Auch sie hatte sich etwas zu trinken genommen.

„Heute gar kein Bier mehr?", fragte sie ihn.

„Nein, ich brauch morgen meinen messerscharfen Verstand. Aber morgen Abend werden wir wieder einmal eine gute Flasche Rotwein öffnen und damit auf meinen Erfolg anstoßen."

„Hoffentlich passiert nicht noch etwas, du bist dir viel zu sicher", meinte Nicole skeptisch.

„Es kann gar nichts passieren. Weil ich ganz genau weiß, was er vorhat. Morgen, Nicole, morgen sitzt er hinter schwedischen Gardinen."

Er war sich zu einhundert Prozent sicher. Es gab gar keine andere Möglichkeit. Der Täter wusste nämlich nicht, dass er vergessen hatte, einen bestimmten Hinweis aus seiner Wohnung zu entfernen, bevor er diese verließ.

Doch Schichta sah es.

Schichta wusste genau, dass alle Täter früher oder später Fehler machten. Das in der Wohnung war Herrn Tidenmolls Fehler.

„Was hast du vorhin gemeint, dass der Täter einen Fehler gemacht hat?", fragte Nicole nach.

„Das erzähl ich dir morgen. Lass uns in Ruhe noch aufessen und dann ins Bett gehen. Es ist schließlich schon fast Mitternacht."

„Ich esse nichts mehr. Wenn du magst, kannst du die letzten zwei Brote haben."

„Super, danke. Da fällt mir gerade etwas ein. Du erzählst nie etwas über deine Arbeit. Ist alles in Ordnung?"

„Mach dir keine Sorgen. Mittlerweile bin ich schon gut eingearbeitet. Die Kolleginnen sind alle sehr nett, und der Chef auch. Es gibt gar keine Probleme. Die Arbeit macht mir richtig Spaß. Dachte nie, dass mir Büroarbeit einmal so viel Freude bereiten würde. Bei mir ist wirklich alles in Ordnung."

„Und deine Mama? Wie geht's ihr?"

„Lieb, dass du dich nach ihr erkundigst. Aber auch ihr geht's gut. Sie hat es zwar sehr genossen, wie ich bei ihr gewohnt habe, aber sie hat auch kein Problem damit, wieder alleine zu sein. Du weißt, sie hat immer was zu tun. Ihr wird nie langweilig."

„Schön, dass alles gut ist. Bitte sag mir, wenn ich etwas für euch tun kann. Oder ihr Sorgen habt. Du weißt, ich bin für dich und deine Mutter da. Und uns beiden geht's ja auch gut. Oder siehst du das anders, jetzt wo ich wieder so viel arbeiten muss?"

„Ich hab es dir schon des Öfteren gesagt, und ich sag's dir gerne noch einmal: Ich wusste von Anfang an über deine Arbeit Bescheid. Auch, dass es manchmal spät beziehungsweise früh werden kann. Ich hab Verständnis dafür und wirklich kein Problem damit. Und ja, lieber Herbert, bei uns ist auch alles gut. Besser als gut sogar."

Sie nahm sein Gesicht in ihre Hände, streichelte zärtlich über seine Wangen und gab ihm einen leidenschaftlichen Kuss.

„Danke, Nicole. Danke, dass es dich in meinem Leben gibt. Noch nie hatte jemand so viel Verständnis für meine Arbeit wie du. Ich kann mich nur immer wieder wiederholen – DANKE, Liebling."

Rasch schnappte er sich das letzte Wurstbrot, aß es auf, trank sein Wasser aus, brachte Teller und Gläser in die Küche und kam rasch wieder zu Nicole zurück auf die Couch. Er reichte ihr seine Hände und zog sie hoch. Als sie vor ihm stand, sah er tief in ihre wunderbaren blauen Augen, zwinkerte ihr zu und zog sie mit ins Schlafzimmer. Beide lagen auf dem Bett und sahen sich an.

„Ich liebe dich, Herbert. Bitte zweifle nie an meiner Liebe und Treue zu dir. Bezweifle auch nie mein Verständnis für dich. Du bist nämlich alles, was ich mir für mein Leben wünsche."

Sie beugte sich über ihn und küsste ihn zärtlich, aber leidenschaftlich. Er erwiderte den Kuss und sie verschmolzen ineinander.

Um 6 Uhr 30 läutete sein Wecker.

Schichta streckte sich, gab Nicole einen Kuss und verschwand im Bad. Fünfzehn Minuten später stand er, bereit für die Arbeit, in der Küche und wartete darauf, dass sein Kaffee fertig war.

Er überflog die neuesten Nachrichten auf seinem Handy, während der warme Kaffee seine Kehle hinunterlief.

„Guten Morgen, Herbert. Gut geschlafen?", meldete sich Nicole schlaftrunken neben ihm.

„Guten Morgen, Liebling. Dank dir hab ich sehr gut geschlafen." Er zwinkerte ihr zu und küsste sie.

„Soll ich dir auch Kaffee machen, oder gehst du vorher noch ins Bad?", fragte er fröhlich nach.

„Kaffee wäre super, danke. Heute ist ein großer Tag für dich. Bist du dafür bereit?"

„Jepp, alles startklar. Um acht hab ich mein Meeting, und dann geht's los."

„Ich hoffe so sehr, dass du dich nicht irrst. Ich wünsch dir auf jeden Fall viel Glück für heute."

„Danke. Mach dir keinen Kopf. Alles wird gutgehen. Ich melde mich, wenn er hinter Gittern sitzt. Ich liebe dich, Nicole, und ich wünsch dir einen schönen Tag. Lass deine Mama von mir lieb grüßen, wenn du mit ihr sprichst."

Er trank den Kaffee aus, gab ihr einen Abschiedskuss und verschwand aus der Wohnungstüre.

„Heute ist mein Tag", sagte er zu sich selbst, als er zu seinem Auto ging.

Er wusste es einfach.

Kapitel 25

Pünktlich um 8 Uhr trafen sie sich im Konferenzraum. Schichta hatte bereits im Vorfeld die Tafeln aus seinem Büro hingebracht und so aufgestellt, dass alle gut die neuen Bilder sehen konnten. Sein Laptop war auch bereits an den Beamer angeschlossen. Jetzt waren schon alle darauf gespannt, wie Schichta den Wahnsinnigen fassen will.

„Guten Morgen. Danke, dass ihr alle pünktlich seid. Wie ihr sehen könnt, habe ich bereits die Bilder von der Wohnung dazu gepinnt. Gestern ist uns Herr Markus durch die Finger gerutscht, doch heute werden wir ihn fassen. Und zwar genau hier."

Schichta deutete mit dem Finger auf ein ganz bestimmtes Bild, welches er selbst gemacht hatte.

„Und du bist dir sicher, dass er genau dort ist?", wollte Rainer wissen.

„Ja, das bin ich. Was haben wir gestern in seiner Wohnung gesehen und erfahren? Er hatte diese extra für uns hergerichtet, um uns zu erschrecken. Es ist ihm im ersten Moment sicher auch gelungen, aber dabei hatte er Fehler gemacht. Ihr seht hier die Leiche einer alten Frau. Ihr Kopf wurde genauso aufgesägt wie bei den anderen Opfern. Auch ihr wurde das Gehirn freigelegt. Was wir aber auch gesehen haben, ist, dass diese Leiche bereits mumifiziert war und an einem Kreuz direkt im Vorzimmer hing. Ich bin fest davon überzeugt, dass es sich hier um seine eigene Mutter handelt."

„Wie kommst du denn darauf? Ich kann das nicht sehen", fragte Christoph.

„Ganz einfach. Seht euch diese beiden Fotos an, dann seht ihr es auch."

Schichta deutete auf zwei nebeneinandergepinnte Bilder.

„Du hast Recht. Das ist tatsächlich seine Mutter", rief Lukas fast erschrocken in die Runde.

„Genau. Warum er sie getötet hat, weiß ich noch nicht. Das ist aber im Moment auch völlig egal. Was seht ihr alles auf diesem Foto?", fragte er sein Team.

„Ein sehr altes Bauernhaus", meinte Roman.

„Und was genau steht unter dem Bild?"

„Unser gemeinsames neues Zuhause, Juni 1980", las Valentin laut vor.

„Jetzt schaut euch dieses Foto oberhalb an. Was könnt ihr hier erkennen?"

„Das dürfte seine Oma sein, auch vor einem Bauernhof. Aber eindeutig nicht der gleiche", sagte erneut Roman.

„Also was denkt ihr? Wo versteckt er sich?"

„In einem der beiden Häuser. Wahrscheinlich eher in dem der Oma", sagte Lukas voll Stolz.

„Gut. Meine Theorie ist folgende: Markus hat gestern nach der Pressekonferenz seine Wohnung für uns dekoriert, hat seine Koffer gepackt und ist dann mit seinem Motorrad in das Haus von seiner verstorbenen Mutter gefahren. Nachdem er mich erneut angerufen hatte und mir sogar ein E-Mail schrieb, dass er doch um so viel schlauer sei als ich, nahm er seinen Koffer, stieg auf sein Motorrad und fuhr weiter in das Haus seiner Oma. Diese ist erst vor etwa fünf Jahren verstorben und hat ihm das Haus hinterlassen. Das Haus seiner Mutter gehört ebenfalls ihm."

Bevor Schichta weitersprechen konnte, mischte sich Roman ein.

„Denkst du aber nicht, dass er damit rechnet, dass wir ihn in einen der Häuser finden, wo doch beide ihm gehören?"

„Nein, das denke ich nicht. Die Häuser laufen nämlich nicht unter seinem Namen Markus Tidenmoll, sondern unter Gertrude Hasenmann."

„Und wo bitte ist hier die Verbindung?", wollte Philipp wissen.

„Gertrude Hasenmann und Markus Tidenmoll sind ein und dieselbe Person."

„Wie kommst du drauf?", fragte Gabriel entsetzt.

„Seht euch noch einmal ganz genau die Bilder an. Hier ist ein kleines Mädchen mit seiner Mutter. Auf dem anderen Bild ist ein kleines Mädchen mit seiner Oma.“

„Und du bist dir da ganz sicher?“, fragte Gabriel erneut nach.

„Seht ihr nicht die Ähnlichkeit? Ich habe gestern noch eine Abfrage im System gemacht. Da wurde mir bestätigt, dass es nie eine Gertrude Hasenmann gab. Doch die Oma von Markus hat es nicht zugelassen, dass ihre Tochter einen Sohn zur Welt brachte. Seine eigene Mutter musste ihn wie eine Tochter aufziehen. Die Oma gab ihm auch den Namen. Er selbst ist von zu Hause ausgezogen, als er erst 14 Jahre alt war. Markus ertrug es nicht mehr. In der Schule wurde er nur gehänselt und verspottet. Daraufhin gab er sich selbst den Namen Markus Tidenmoll. Den Rest werden wir erfahren, wenn wir ihn gefasst haben. Ich bin davon überzeugt, er kehrt genau dorthin zurück, wo sein Leid begonnen hatte. Nämlich bei seiner Oma.“

„Dann lasst uns losfahren. Worauf warten wir noch?“, sagte Roman und stand dabei schon von seinem Sessel auf.

„Roman hat Recht. Lasst uns diesen Kerl endlich verhaften“, sagte Schichta, während er seinen Laptop zusammenpackte und in sein Büro ging. Valentin und Lukas brachten ihm die Tafeln.

Danach stiegen sie in ihre Dienstfahrzeuge und fuhren Richtung Stockerau, wo das Haus der Oma noch immer stand.

Nachdem auf der Stockerauer Autobahn ein Unfall passiert war, brauchten sie über eine Stunde, um zu dem kleinen Bauernhof zu kommen.

Langsam näherten sie sich dem Haus. Von außen konnte man im Vorfeld nichts sehen. Auch das Motorrad stand nicht vor der Türe.

Schichta und sein Team stiegen aus den Autos aus und gingen langsam auf das Gebäude zu. Kurz davor teilte sich das Team auf. Die einen gingen rechts und die anderen links um das Gebäude herum. Aufs Kommando traten sie die Vorder- und Hintertüre gleichzeitig auf.

„Hier ist die Polizei. Kommen Sie mit erhobenen Händen heraus", rief Schichta.

Kein Mucks war zu vernehmen.

„Herr Tidenmoll, das Haus ist umstellt. Ergeben Sie sich freiwillig."

Wieder nichts.

Schichta und sein Team durchsuchten das Haus. Markus Tidenmoll war eindeutig nicht hier.

„Siehst du, du hast dich doch geirrt", sagte Rainer.

„Nein, hab ich nicht. Ich weiß, er ist hier."

Erneut ging er durch das Haus. Doch er fand nichts. Er ging nach draußen und sah sich auf dem Grundstück um.

Da stand ein weiteres, kleineres Gebäude.

„Dorthin, Jungs", rief Schichta und zeigte mit dem Finger in die Richtung des Häuschens.

Rasch wurde das kleine Haus von Schichta und seinen Leuten gestürmt.

Markus Tidenmoll saß auf der Couch und grinste.

„Herr Tidenmoll, ich verhafte Sie wegen des Mordes an fünf Personen", sagte Schichta.

„Guten Tag, Herr Kommissar. So sieht man sich wieder. Aber es waren nicht fünf Personen, sondern sechs", korrigierte er Schichta.

„Das besprechen wir noch bis ins kleinste Detail."

Schichta packte ihn und legte ihm Handschellen an. Dann zerrte er ihn in sein Dienstfahrzeug. Valentin verständigte die Spurensicherung, dann fuhren alle wieder zurück nach Wien.

Am Weg zurück wurde kein Wort gesprochen. Markus Tidenmoll wechselte zwischen grinsendem und verärgertem Gesichtsausdruck hin und her.

Schichta beobachtete ihn die ganze Fahrt durch den Rückspiegel.

Roman saß total angespannt am Beifahrersitz und wartete auf irgendeine Art von Eskalation.

Auf der Polizeistation angekommen, sperrten sie Tidenmoll zunächst einmal in eine Zelle.

Schichta ging erleichtert in sein Büro, um mit Nicole zu telefonieren.

„Hallo, Herbert. Hast du ihn geschnappt?“, begrüßte sie ihn.

„Ja, es ist vorbei. Du weißt, das ich noch einiges zu erledigen habe, bevor ich nach Hause kommen kann?“

„Ich weiß. Nimm dir die Zeit, die du brauchst. Ich warte zu Hause auf dich, mein Held.“

„Danke und bis später.“

Schichta verabschiedete sich von Nicole, ging ins Büro von Roman und nahm ihn mit zum Verhör von Tidenmoll.

Kapitel 26

Als Schichta und Roman im Verhörraum ankamen, saß Markus Tidenmoll bereits auf dem eisernen, kalten Stuhl an einem eisernen, kalten Tisch. Seine Hände waren an einer eigens dafür vorgesehenen Vorrichtung mit Handschellen angeschnallt. Ein Wachebeamter stand neben der Türe an der Wand und passte auf, dass der Verdächtigte keinen Unfug trieb.

„Herr Tidenmoll, das Spiel ist aus. Ich habe eindeutig gewonnen"

„Finden Sie das tatsächlich? Ich seh das anders."

„Und wie sehen Sie das? Sie sitzen doch eindeutig hier in einem Verhörraum."

„Ja, gut. Ich bin hier. Aber ich hab's Ihnen nicht leicht gemacht. Richtig?"

„Richtig. Und trotzdem hab ich gewonnen."

„Nein, das sehe ich anders. Ich hab mich fangen lassen. Aber lassen Sie uns nicht über Kleinigkeiten streiten. Wie haben Sie mich gefunden?"

„Die Bilder an der Wand im Wohnzimmer. Es war einfach. Ich musste nur eins und eins zusammenzählen."

„Da ist aber ein kleines Mädchen auf den Bildern."

„Ja, aber das sind eindeutig Sie. Und jetzt Schluss damit. Fangen wir von Anfang an. Können Sie mir bitte sagen, weshalb Sie das alles getan haben?"

„Nein, noch nicht. Zuerst möchte ich wissen, weshalb Sie mich nicht erkannt haben?"

„Wie meinen Sie das?"

„Wir haben miteinander telefoniert. Sie haben sich sicher die Notrufe angehört. Und doch haben Sie mich nicht sofort erkannt, als Sie vor mir standen und mit mir sprachen. Wieso nicht?"

„Sie haben recht. Ich hab Ihre Stimme nicht erkannt. Wahrscheinlich haben Sie sie am Telefon verstellt."

Markus Tidenmoll räusperte sich einmal, dann ein zweites Mal.

„Und erkennen Sie mich jetzt?", fragte er nach.

„Genau diese Stimme haben Sie am Telefon gehabt. Diese Stimme hätte ich überall erkannt. Welche Stimme ist eigentlich die Ihre?"

Markus Tidenmoll räusperte sich ein weiteres Mal.

„Diese hier."

Schichta war erstaunt. Wenn er genau hinhörte, waren die Stimmen sehr ähnlich. Aber nur, weil er es jetzt wusste. Tidenmoll konnte tatsächlich seine Stimmlage so verändern, dass diese ähnlich und doch ganz anders war. Dieser Punkt ging eindeutig an ihn.

„Als Sie zu mir ins Kaffeehaus kamen, hatte ich tatsächlich Angst, dass Sie mich sofort erkennen würden. Aber, wie Sie sehen beziehungsweise hören können, bin ich doch schlauer als Sie dachten."

Tidenmoll plusterte sich auf, wie ein stolzer Hahn, um seine Überlegenheit zu demonstrieren.

„Ja, Sie können stolz auf sich sein. Und doch hab ich Sie erwischt. Also noch einmal zurück zum Anfang. Warum? Warum haben Sie das alles getan?"

„Es war ein Experiment. Haben Sie denn nichts von diesen tollen Experimenten gehört? Die mit dem Frostschutzmittel?"

„Nein, ich weiß nicht, worauf Sie hinauswollen. Was genau meinen Sie damit?"

„Also, ich hab das in einer Dokumentation im Fernsehen gesehen. Es wurde erforscht, dass wenn man Frostschutzmittel trinkt, einem furchtbar schlecht wird."

„Das ist mir klar. Aber von welchem Experiment und welcher Doku reden Sie?"

„Na, Frostschutzmittel kann man eigentlich nicht nachweisen. Ich gebe jemandem das Zeug zu trinken, dem wird schlecht und dann stirbt die Person. Keinerlei Spuren, dass ich die Leute vergiftet habe. Richtig?"

„Stimmt. Frostschutzmittel kann man nicht nachweisen, außer man sucht definitiv danach."

„Falsch – kann man doch. Im Gehirn lagern sich dann Kristalle ab. Mit einem speziellen Licht ist es möglich, diese zum Leuchten zu bringen. Haben Sie gewusst, wie wunderschön das ausschaut? Wie ein Sternenhimmel."

„Deshalb haben Sie den Opfern die Köpfe aufgesägt? Um die Kristalle zu sehen?"

„Ja. Etwas Schöneres gibt es kaum. Aber wissen Sie, zuerst hab ich versucht nur die Köpfe leuchten zu lassen. Doch das hat nicht geklappt. Kein einziger Kopf hat geleuchtet. Dann hab ich's versucht mit dem Aufsägen – und schwupp – hat es geklappt. Super, oder?"

„Meinen Sie das wirklich ernst?"

„Ja, absolut. So etwas Geniales. Sie sollten das auch einmal sehen."

„Nein, danke. Ich würde sagen, wir beginnen jetzt wirklich ganz von vorne. Wie kam es überhaupt soweit?

„Ich war immer schon sehr neugierig."

„Nein, das ist es nicht, was ich meine. Ich hab andere Sachen über Sie herausgefunden. Lassen Sie mich also bitte kurz zusammenfassen. Als Sie geboren wurden, war ihre Oma nicht damit einverstanden, dass Sie ein Bub waren. Also zwang sie Ihre Mutter, ihnen einen Mädchennamen zu geben und sie auch wie ein Mädchen zu kleiden. Es war ihnen am Anfang sicher egal, aber als sie in die Schule kamen, wurde es peinlich."

„Woher haben sie diese Lügen?", schrie Markus den Kommissar regelrecht an.

„Es sind keine Lügen. So, weiter: Mit vierzehn verließen Sie Ihre Mutter und lebten danach unter dem Namen Markus Tidenmoll. Woher hatten Sie diesen Namen?", fragte Schichta nach.

„Von dem Kerl, der mich bei sich aufnahm. Er hieß Sebastian Tidenmoll. Er fälschte für mich eine Geburtsurkunde und mit dieser hab ich dann alle anderen Dokumente bekommen. Ich hatte nämlich nie eine echte Geburtsurkunde. Meine fälschte damals ein Freund meiner Oma."

„Wieso hat Sie dieser Mann bei sich aufgenommen?"

„Er war einfach freundlich. Sah mich auf einer Parkbank schlafen und nahm mich mit, um mir frische Kleidung und etwas zu essen zu geben. Es gefiel mir bei ihm. Ich hab ihm meine ganze Geschichte erzählt, und daraufhin hat er behauptet, ich sei sein Sohn."

„Wie kam es dann, dass Sie zum Mörder wurden?"

„Einige Jahre später, Sebastian war leider verstorben, hatte ich einen schweren Motoradunfall. Ich erlitt ein Schädel-Hirn-Trauma. Seit dem Zeitpunkt setzt bei mir immer wieder etwas aus. Dann sah ich zufällig meine Mutter auf der Straße. Sie erkannte mich natürlich sofort. Wir sprachen kurz miteinander. Nichts Wichtiges. Nur so blödes Zeug, wie es mir ginge, wo ich war und so weiter. Sie wollte unbedingt wissen, wo ich jetzt wohnte, damit sie mich gelegentlich besuchen könne. Einmal, bei mir zu Hause, ich wohnte noch immer in der Wohnung von Sebastian, nannte Sie mich plötzlich 'Gertrude`. Da bin ich dann ausgerastet. Ich hab Sie angeschrien und auf sie eingeprügelt. Wissen Sie, Herr Kommissar, niemand darf mich bei diesem schrecklichen Namen nennen!"

„Wie ging es dann weiter? Haben Sie Ihre eigene Mutter erschlagen?"

„Nein, hab ich nicht. Aber ich hab Sie halb tot in meiner Wohnung zurückgelassen und bin einfach wieder auf die Straße gelaufen. Als ich nach einigen Stunden wieder nach Hause kam, lag Sie röchelnd im Vorzimmer."

„Haben Sie wenigstens die Rettung verständigt?"

„Sicher nicht. Ich hab sie liegen gelassen und den Fernseher eingeschalten. Da sah ich dann diese Dokumentation über das Frostschutzmittel. War echt voll interessant. Und da kam mir der Gedanke, dass ich das doch ausprobieren könnte. Meine Mutter wäre doch ein super Versuchskaninchen. Also bin ich los zur nächsten Tankstelle, hab mir Frostschutzmittel besorgt und ihr dann, ganz wie ein fürsorglicher Sohn, etwas zu trinken gebracht. Zuerst gab ich ihr nur wenig, später immer mehr.

Ich mischte es auch ins Essen. Sie aß ja immer so gerne eine Frittatensuppe oder Grießnockerlsuppe. Da passt das super dazu. Sie war mir so dankbar, dass ich mich um sie kümmerte. Innerlich lachte ich, denn sie hatte ja keine Ahnung. Es dauerte nicht lange, da musste sie sich ständig übergeben. Und irgendwann wachte sie einfach nicht mehr auf. Also hab ich mit einer Taschenlampe auf ihren Kopf geleuchtet. Doch es glitzerte nicht. Ich hab ihr sogar einen Teil der Haare abrasiert. Doch auch da gab's kein Glitzern. Also blieb mir nichts anderes über, als ihr den Schädel zu öffnen. Wieder kein Leuchten. Dann hab ich mit einem Kochlöffel ein bisschen herumgerührt und sah es endlich. Diese böse Person, die sich meine Mutter nannte, war endlich tot. Aber wenigstens leuchtete sie jetzt."

„Wieso dann auch noch die anderen Opfer? Sie hatten doch schon die Bestätigung des Experiments?"

„Ich wollte wissen, ob das nur bei Frauen funktionierte oder auch bei Männern. Mussten die Leute jung oder alt sein? Gab es da Unterschiede? Na ja, die Neugier war geweckt. Als ich dann auch noch den Job in dem kleinen Kaffeehaus bekam, nahm diese Neugier zu. Diese hübsche, junge Frau, die täglich nach der Arbeit auf einen Kaffee und eine Torte zu mir kam. Sie war immer sehr freundlich. Ich wollte es einfach wissen. Wie würde ihr Gehirn leuchten? Also hab ich begonnen, ihr immer wieder Frostschutzmittel in den Kaffee zu geben. Anfangs fiel es ihr gar nicht auf. Irgendwann fragte sie mich, ob wir eine neue

Kaffeemarke verwenden würden. Denn seit einigen Tagen schmecke der Kaffee bitterer als sonst. Ich bejahte dieses. Somit gab's keine Probleme mehr. Sie erzählte mir sogar, dass ihr in letzter Zeit immer so übel war. Sie übergebe sich ständig. Doch hatte sie so große Angst, ihren Job zu verlieren, wenn sie länger im Krankenstand gewesen wäre. Also schleppte sie sich immer in die Arbeit und im Anschluss zu mir. Sie trank aber keinen Kaffee mehr, sondern nur mehr Kamillentee. Herr Kommissar, was soll ich Ihnen sagen? Da kann man auch gut Frostschutzmittel dazugeben. Eines Abends hat sie mir erzählt, dass sie eine Karte für die Kammerspiele geschenkt bekommen habe. Doch es ginge ihr gar nicht gut. Also wusste sie nicht, ob sie überhaupt hingehen konnte."

Tidenmoll machte eine kurze gedankliche Pause.

„Aber wir haben sie doch dort gefunden. Also muss sie dort gewesen sein."

„Nein, war sie nicht. An besagtem Abend, ich war alleine hier und wollte gerade abschließen, da stand sie vor der Türe und bat mich um Hilfe. Freundlich, wie ich nun mal bin, brachte ich ihr einen frischen Tee. Kaum zehn Minuten später lief Sie aufs Klo und erbrach sich. Halb leblos hab ich sie gefunden. Dann hab ich sie gepackt und über Seitengassen und einen Seiteneingang in die Kammerspiele gebracht. Als sie erneut zu würgen begann, legte ich sie in die Toilette. Ich wartete kurz vor der Türe, hörte sie noch ein weiteres Mal würgen, und dann war es still. Ich packte meine Taschenlampe aus, die ich immer in der Hosentasche habe, und leuchtete auf ihren Kopf. Doch ich sah nichts. Also schlich ich mich rasch aus dem Theater raus, besorgte mir eine Säge, lief zurück und öffnete ihr den Schädel. Dann rührte ich noch ein wenig darin herum, leuchtete ins Gehirn und sah die wunderbaren Sterne. Da war ich dann zufrieden."

„Und die Sommers? Warum dieses nette Ehepaar?"

„Die sind mir manchmal so auf die Nerven gegangen. Immer dieses Übertreiben, mit ihrem tollen Leben und wie sehr sie es genossen. Oh, es machte mich krank. Na ja, ein wenig Frostschutzmittel im Zweigelt, und schon begann mein nächstes Experiment. Bei den beiden Alten funktionierte das irgendwie schneller, obwohl ich mit genauso wenig begann wie bei Frau Romana. Als sie sich dann bei mir im Kaffeehaus auf dem Klo beide übergaben, wusste ich, dass es bald so weit war. Also folgte ich Ihnen, als sie von den Kammerspielen nach Hause fuhren. Sie mussten die Vorstellung früher verlassen, da es beiden nicht gut ging. Ich schlich ihnen nach und lauschte an der Wohnungstüre. Als ich beide kotzen hörte, verschaffte ich mir Zutritt und wartete ab. Doch die beiden wollten nicht so richtig sterben. Also hab ich nachgeholfen. Zuerst hab ich Herrn Florian mit einem Schlag auf dem Hinterkopf außer Gefecht gesetzt. Dann hab ich Frau Sarah den Schädel aufgesägt. Na ja, den Rest kennen Sie. Beide Köpfe haben wunderbar geleuchtet."

„Wie sind Sie in die Wohnung gekommen? Die Eingangstüre wurde nicht gewaltsam geöffnet?"

„Nein. Die war offen. Sicher haben sie vergessen abzuschließen, da beide sehr schnell ins Bad mussten. Und wir wissen ja beide, weshalb."

Schichta wurde übel beim Zuhören.

„Dieser Angeber!", dachte er sich.

„Und Herr Winterfeld?"

„Na, das war vielleicht ein Angeber. Ist ständig mit einer neuen Freundin angekommen. Eine war jünger als die andere. Doch er selbst war schon uralt, sicher 70 oder 80 Jahre. Die Mädels höchstens 20 bis 30. Es war echt peinlich. Aber er gab immer gutes Trinkgeld. Was wollte ich mehr? Doch mein Experiment war noch nicht zu Ende. Einen so alten Mann musste ich auch noch testen. Bei ihm dauerte es nur zwei Wochen. Egal, was er bei mir trank, er bekam immer den „Schuss" dazu. Es genügte nur wenig, bis er zu kotzen begann. An einem Abend, er war wieder einmal mit einer jungen Tussi im Kaffeehaus, lief er plötzlich aufs Klo und kam nicht mehr zurück. Die Tussi war so genervt von seiner Abwesenheit, dass sie einfach verschwand. Als ich nachschauen wollte, ob alles in Ordnung mit ihm war, lag er tot am Klo. Ich freute mich. Doch was sollte ich tun? Ich brachte ihn in die Garderobe und wartete ab, bis alle Gäste gegangen waren. Dann lud ich ihn in eine Scheibtruhe und legte ihn in den Kammerspielen auf der Bühne ab. Auch da wissen Sie bereits, wie es weiterging."

„Aber da war noch das Messer. Wie kamen sie zu diesem?"

„Er hatte mir eine ganze Messersammlung als Geschenk mitgebracht. Und ich dachte mir, es wäre auch ein schönes Geschenk an Sie, Herr Kommissar."

„Danke, das war sehr aufmerksam von Ihnen. Und hat Herr Winterfeld auch so schön geleuchtet?"

„Oh, ja. Es war das reinste Vergnügen."

„Sie wissen aber schon, dass Ihre Taten eindeutig verrückt waren?"

„Werde ich jetzt für unzurechnungsfähig befunden?"

„Darum werde ich mich persönlich kümmern, dass es nicht so ist. Wir haben jetzt aber erst fünf Opfer. Sie meinten, es wären sechs? Wer und wo ist die sechste Leiche?"

„Die werden Sie nie im Leben finden. Aber ich kann ihnen sagen, dieser Mord hat mir am allermeisten Spaß gemacht."

„Wer?"

„Raten Sie mal?"

„Ihre Oma, stimmts?"

„Sie sind ein Spielverderber.“

„Wo ist die Leiche?“

„Weg.“

„Noch einmal. Wo ist die Leiche?“

„Suchen Sie sie doch!“

„Gut, das werde ich machen. Herr Markus Tidenmoll, es ist vorbei. Wollen Sie jetzt einen Anwalt?“

„Nein, den brauch ich nicht.“

Kapitel 27

Schichta saß mit seinem Team im Besprechungsraum. Sie waren heilfroh, den Täter endlich gefasst zu haben. Doch zum Feiern war ihnen nicht zumute. Allen konnte man eine gewisse Sprachlosigkeit über diese Taten ansehen.

Schichta ergriff als Erster das Wort.

„Ich bin wirklich froh, dass wir diesen Wahnsinnigen endlich geschnappt haben. Eigentlich sollten wir eine Party schmeißen. Doch solche Grausamkeiten machen mich krank. Auf der einen Seite diese schreckliche Ungerechtigkeit der eigenen Oma, dann auch noch, dass die Mutter da mitmachte. In welch einer kranken Welt leben wir eigentlich? Auf der anderen Seite ein total Irrer, der so ein Experiment an unschuldigen Leuten ausprobiert. Was ich aber noch immer nicht verstehe, wie kann man in ein Theater oder ein Kaffeehaus gehen, wenn einem zum Kotzen übel ist? Ich würde zu Hause im Bett, oder besser gesagt auf dem Klo bleiben. Aber sicher nicht essen gehen. Das wäre das Letzte, worüber ich nachdenken würde. Mir fehlen die Worte."

„Wir haben ihn Gott sei Dank gefasst und er wird für immer weggesperrt. Aber was wird aus der Oma? Sollen wir sie suchen?", fragte Rainer nach.

„Ja, wir müssen sie finden. Aber ich kann mir schon vorstellen, wo wir die Leiche finden werden“, sagte Schichta.

„Und wo?“, wollte Lukas wissen.

„Na ja, das wird nicht so schwer sein. Irgendwo in ihrem eigenen Haus. Vielleicht auch irgendwo im Garten. Christoph, schick die Spurensicherung hin. Ich werde mit dem Staatsanwalt reden und alles in die Wege leiten.“

Schichta ging kopfschüttelnd zurück in sein Büro. Er stellte sich ein letztes Mal vor seine Tafeln und beäugte die Bilder und Berichte. Dann begann er schweigend, ein Foto nach dem anderen herunterzunehmen. Die dazugehörenden Berichte selbstverständlich auch. Alles wurde in einer dafür vorgeschriebenen Kiste zusammengesammelt. Diese würde die Staatsanwaltschaft für das Gerichtsverfahren als Beweise benötigen.

Schichta setzte sich danach an seinen Computer und schrieb den Abschlussbericht. Kaum zwei Stunden später läutete sein Telefon.

„Schichta?“

„Hallo, Herr Kriminaloberkommissar. Hier spricht Doktor Schreiberling.“

„Hallo, was kann ich für Sie tun?“

„Umgekehrt. Ich kann etwas für Sie tun. Ich hab soeben die Überreste einer weiblichen Leiche bekommen.“

„Ach was, die Oma?"

„Das nehme ich an."

„Können Sie mir schon etwas sagen?"

„Ich hab sie erst seit zehn Minuten auf dem Tisch. Aber ich kann Ihnen sagen, diese arme, alte Frau wurde schrecklich zugerichtet. Der Kopf wurde regelrecht zertrümmert, die Gliedmaßen aus dem Körper gerissen, und der Oberkörper ist übersät mit unzähligen unterschiedlichsten Stichwunden."

„Da hat sich der Enkel wohl ein wenig ausgetobt. Wissen Sie vielleicht, wo die Leiche gefunden wurde?"

„Ja. Im ehemaligen Kinderzimmer unter dem Parkettboden."

„Ich hatte also recht. Danke, Herr Doktor für die rasche Info."

„Ich wusste, Sie würden darauf warten. Der Bericht wird in ein paar Tagen fertig sein. Ich denke, es wird nichts Aufregendes mehr dazukommen."

„Danke noch einmal. Auf Wiederhören", beendete Schichta das Gespräch.

Auch Doktor Schreiberling legte auf.

„Der Typ ist echt krank. Könnte das alles tatsächlich mit seinem Motorradunfall zu tun haben?", fragte sich Schichta und forderte noch den Bericht des Unfalls vom Krankenhaus an.

Bereits eine weitere Stunde später erhielt er den Bericht per Mail. Sofort öffnete er das Schreiben.

"Sehr geehrter Herr Kriminaloberkommissar Schichta!

Im Anhang der Unfallbericht des Patienten Markus Tidenmoll.

Mit freundlichen Grüßen

Dr. Harald Teufel, ärztlicher Leiter"

Schichta konnte es nicht glauben, was in dem Bericht stand.

„Hoffentlich wird er jetzt nicht für unzurechnungsfähig erklärt. Das wäre schrecklich", murmelte Schichta vor sich hin, während er erneut den Bericht durchlas.

„Patientenbrief von Herrn Markus Tidenmoll vom 25. Juli 1999.

Ein Zeuge gab an, dass Herr Tidenmoll, im weiteren als „Patient" bezeichnet, von einem Auto angefahren wurde. Er stürzte mit seinem Motorrad schwer und hatte zahlreiche Verletzungen.

Der Patient wurde mit diversen schweren Verletzungen ins Krankenhaus eingeliefert.

Folgende Verletzungen wurden festgestellt:

1.	Doppelter Bruch des linken Wadenbeins

2.	Bruch von Elle und Speiche im linken Unterarm

3.	Schädelbruch mit Schädelhirntrauma

4.	Der Patient ist nicht ansprechbar

Das Bein wurde eingegipst. Elle und Speiche wurden eingerenkt und ebenfalls eingegipst.

Der Schädel musste operiert werden. Zur Entlastung des Gehirndrucks musste der Schädel geöffnet werden. Dabei wurden schwere Verletzungen auch aus Kinderzeiten festgestellt.

Der Patient lag einen Monat im künstlichen Koma.

Nach dem Aufwachen wurden einige Defizite festgestellt. Das Sprachzentrum war in Mitleidenschaft gezogen worden und es gab einige Gedächtnisverluste. Ob es zu Besserungen kommen wird, kann zum momentanen Zeitpunkt noch nicht festgestellt werden. Eine dringende psychologische Untersuchung in drei Monaten wird empfohlen. Die Einnahme diverser, unten angeführter Medikamente ist unausweichlich.

Bei fortbestehenden Beschwerden werden weitere Untersuchungen empfohlen.

Der Patient hat auf eigenen Wunsch nach zweimonatigem Aufenthalt das Krankenhaus verlassen. Die behandelten Ärzte und die Krankenhausleitung hatten dies ausdrücklich nicht empfohlen.“

„Eigenartig. Ich hätte ihm das alles nie angemerkt. Daher wahrscheinlich auch die Möglichkeit, seine Stimme zu verändern. Er musste sich wohl doch an jemanden gewandt haben, der ihm bei der Genesung half. Es gab eindeutig keinen Sprach- oder Gedächtnisverlust. Zumindest zum jetzigen Zeitpunkt nicht mehr", murmelte Schichta während des Lesens vor sich hin.

„Aber egal. Wir haben ihn gefasst und das ist das Allerwichtigste."

Schichta schloss seinen Bericht ab. Er druckte diesen aus und legte ihn auch in die Schachtel. Dann versiegelte er diese und kümmerte sich noch darum, dass der Staatsanwalt auch alles für die Verhandlung zugestellt bekam.

Der Fall war jetzt für Schichta abgeschlossen. Und doch waren für ihn noch einige Sachen ungeklärt. Aber es waren eigentlich nur noch Kleinigkeiten. Diese würden sicher nichts zu einer eventuellen Freilassung zur Sache tun. Es ging hauptsächlich um das Unverständnis so mancher Situationen, wie die Tatsache, dass die Opfer regelrecht krank waren und doch nicht zu Hause blieben. Dann auch noch die Sache mit der Stimme. Wieso hatte er diese nicht erkannt? Doch er wusste auch, dass er nicht immer alle Antworten bekam, die er wollte. Es handelte sich eigentlich auch nur um Dinge, die für Schichta unerklärlich waren. Wahrscheinlich war es für andere uninteressant.

Hauptsache war jedoch, dass soweit alle Beweise standhielten, um den Täter für immer hinter Schloss und Riegel zu sperren.

Epilog

Letztendlich gab es genügend Beweise, um Markus Tidenmoll für immer wegzusperren. Auch das Gericht sah das so. Die Unzurechnungsfähigkeit, die sein Anwalt forderte, wurde sehr rasch abgewiesen. Der Richter deutete an, dass es ihm sehr leid tat, was ihm in seiner Kindheit passiert war, auch später das mit dem Unfall. Aber er sah darin wahrlich keinen Anlass, dass jemand aus diesen Gründen ungestraft zum Mörder werden durfte.

Nachdem die Nachricht letztendlich auch bis zu Schichta durchgedrungen war, dass Markus Tidenmoll für schuldig befunden wurde, gab es eine große Feier. Schichta lud sein ganzes Team als Dank zum Essen ein.

„Danke, Jungs, Ihr wart wieder super. Gemeinsam haben wir erneut einen Serienmörder hinter Gitter gebracht. Das gehört eindeutig gefeiert. Ihr habt wieder großartige Leistungen erbracht. Ich bin sehr stolz auf euch", sagte Schichta zu seinem Team.

„Du hast uns wie immer gefordert. Da blieb uns nichts anderes über. Wir sind einfach ein richtig gutes Team", meinte Rainer grinsend.

„Da hast du Recht", sagte Schichta und erhob sein Glas.

„Und ich wollte noch sagen, dass auch ich einen persönlichen Grund zum Feiern habe. Meine Frau

Yvonne und ich erwarten unser erstes Kind", sagte Roman voll Stolz.

„Gratuliere, Kumpel."

Alle riefen vor Freude Roman zu.

„Prost, auf dich, Roman!"

Sie erhoben ein weiteres Mal ihre Gläser.

„Auf dich und Yvonne. Und auf die Lösung unseres Falls", erhob auch Herbert erneut sein Glas auf sein Team.

Er war sehr stolz auf seine Jungs. Sie leisteten Großartiges.

Zu Hause angekommen, feierte er mit Nicole weiter. Für sie war Herbert ihr Held. Sie konnte sich immer auf ihn verlassen. Er war fürsorglich und lieb zu ihr. Und egal, welcher schwierige Fall ihn beschäftigte, am Ende war er der große Sieger. Er kriegte sie alle. Das machte sie sehr stolz.

Herbert öffnete tatsächlich wieder eine Flasche des guten Rotweins zur Feier des Tages. Und Nicole hatte abermals ein wundervolles Essen gezaubert.

Plötzlich stand Herbert auf, hielt sein Glas in der Hand und blickte Nicole ganz tief in ihre wundervollen blauen Augen.

Nicole wurde dadurch innerlich sehr unruhig. Ihr Körper begann sich anzuspannen und sogar leicht zu zittern. Sie spürte, dass hier irgendwas im Busch war.

„Was hast du nur vor?", dachte sie sich.

Dann sagte er:

„Nicole, ich liebe dich von ganzem Herzen. So habe ich noch nie in meinem Leben empfunden. Du hast mein Leben so bereichert und mich zu einem sehr glücklichen Mann gemacht, als du bei mir eingezogen bist. Wir sind jetzt bereits über zwei Jahre zusammen und ich will nie wieder ohne dich sein. Nicole, bitte mach mich zum allerglücklichsten Mann der ganzen Welt."

Er machte eine kurze Pause, stellte sein Glas ab und kniete sich vor Nicole hin.

Dann zog er ein kleines Schächtelchen aus seiner Hosentasche und hielt ihr einen wunderschönen, zierlichen Verlobungsring entgegen.

Er atmete tief ein und wieder aus und sprach dann weiter:

„Willst du meine Frau werden?"

Nicole hielt sich die Hand vor den Mund. Sie konnte es gar nicht glauben. Augenblicklich stiegen ihr vor Freude Tränen in die Augen. Das Sprechen fiel ihr schwer, so überglücklich war sie.

Als sie sich etwas gefangen hatte, meinte sie:

„Herbert, ich liebe dich auch sehr. Du hast mich in einer Phase meines Lebens kennen gelernt, die nicht sehr positiv war. Du hast mir da durchgeholfen, und ich hab mich in dich verliebt.“

Sie musste eine kurze Pause machen, da sie kaum weitersprechen konnte.

Ihr Hals war wie zugeschnürt.

Nicole atmete tief ein, wischte sich die Augen trocken und sagte:

„Ja – selbstverständlich will ich dich heiraten. Ich liebe dich doch auch.“

Sie umarmte Herbert und küsste ihn leidenschaftlich.

Er steckte ihr den Ring an ihren Finger und begann in der Wohnung mit ihr herumzutanzen, vor lauter Freude.

Danksagungen

Danke – an meine ganze Familie: meine Mutter, meinen Bruder, meine drei Kinder und Schwiegerkinder, meine vier Enkelkinder, die mich stets ermutigen weiterzuschreiben.

Ein ganz spezielles Danke geht an meine beiden Enkelkinder, Jessica und Marco. Da sie in den Ferien immer viel Zeit bei mir verbringen, helfen sie mir Ideen zu sammeln und auszuarbeiten. Sie beflügeln mich so sehr, dass die Finger wie von selbst über die Tastatur gleiten. Die Idee mit dem Messer und dem Spitznamen „der Sensenmann" war übrigens von ihnen.

Danke – an meinen lieben Freund Martin Martiska, der mein Buch wieder lektorierte und korrigierte.

Danke – an Google. Das Internet hat mir sehr bei diversen Recherchen geholfen.

Also bitte keine Angst wegen meines Browserverlaufs – ich bin Autorin – keine Serienmörderin

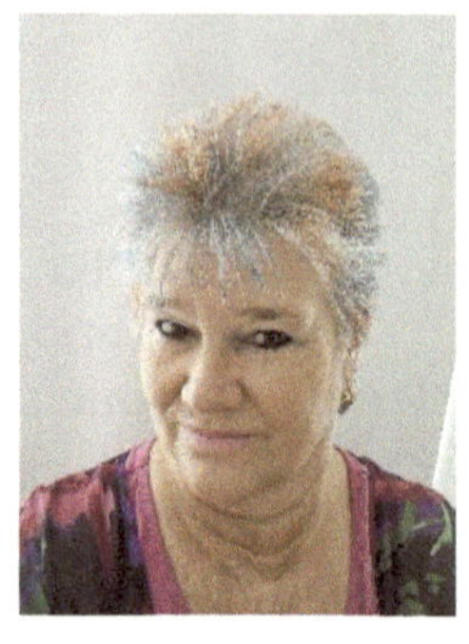 Gudrun Bogner wohnt seit ihrer Geburt am 24.12.1964 in Wien.
Sie hat drei erwachsene Kinder.

Seit über 25 Jahren arbeitet sie als Rechnungsführerin an einer Wiener Schule.

Das Schreiben wurde für sie bereits in jungen Jahren zum Hobby, nachdem sie mit zehn Jahren ihr erstes Tagebuch geschenkt bekommen hatte. Im Teenageralter entstanden viele Liebesbriefe, und später verfasste sie Kurzgeschichten.

Bisher veröffentlicht:

(un) sterblich verliebt – auf Wiens blutigen Spuren
(un) sterblich schön – Wiens blutende Schönheiten